GAEA

Gaea

GAEA

Gaea

異夢

CITYFEAR 4
都市恐怖病

九把刀 著
Giddens
簡嘉誠 插畫

CITYFEAR 4 都市恐怖病

異夢

目錄

01 MR. GAME登場

像貓一樣，「他」的步伐柔軟、乾脆，每一步都輕輕落在走廊的磁磚上。沒有多餘的動作。

他不需要。

即使走到玄關前，他也沒有浪費一秒鐘在調整呼吸，以緩和該有的緊張。

該有的緊張？

應該說是興奮吧。

雖然這已經不是第一次了，但一想到待會將發生的事，他不禁勃起了，尤其是聽到這間公寓的門後，傳來孩子的嬉鬧聲，更是讓他振奮。

情報是正確的，一家三口。

「叮咚。」他按下門鈴，他甚至不需要特別來個深呼吸。

片刻。

腳步聲。

「誰啊？」一個男子的聲音，似乎正從門後窺視著他。

「你好，這個包裹要請您簽收。」他晃了晃手中的白色包裹，友善地說。

「包裹？」門後的男子咕噥著將門打開，正欲接過那白色包裹時，門外的陌生人伸出強而有力的右手將男主人推倒在地，一個箭步踏進屋內，反身鎖上了門。

「你!?」倒在地上的男主人看著陌生人左手中銀灰色的手槍，驚慌地問。

「我？」陌生人笑了，說：「打開包裹，送給你們全家的。」

男主人一身冷汗，完全不明白這個陌生人的意圖……大概是強盜登門吧？

「你遲疑了喔，犯規。」陌生人搖搖頭，扣下扳機，滅音槍咻地一聲穿過男主人的右腳踝，男主人彷若聽見腳骨的爆裂聲，接著便痛得暈過去。

正坐在電視機前面看著皮卡丘卡通的小男孩嚇得大叫，穿著圍裙從廚房裡衝出來的女主人也驚得雙腿發軟，幸虧及時扶住了餐桌才沒有倒下，她呆呆看著自己丈夫的腳旁散射出一灘鮮血。

「大家好，恭喜貴家庭抽中歡樂家庭團結計畫的遊戲大獎，現在遊戲即將開始。」陌生人彎下腰，捏了捏男主人的眼皮，說道：「起床了，不要想裝死，這一槍要不了你的命的。」

男主人掙扎著，匍匐來到小男孩的身邊，摟住心愛的兒子，臉色蒼白地說：「你要多少錢都拿去，但請不要傷害我的家人。」

「好一個愛家的男人，很好，遊戲就是要這樣才好玩。」陌生人滿意地點點頭，看著美麗的女主人，彬彬有禮地說：「現在請你們一家三口一起坐在地板上，好嗎？」

女主人扶著牆，顫抖地走到丈夫跟兒子的身邊，坐了下來，她現在看起來十分恐懼，緊緊

握住丈夫和小男孩的手，一家三口看著眼前這位高大的陌生人。

陌生人一屁股坐在沙發上，饒有興致地看著地上的三人，說道：「首先，我不要錢，也不要命，只想請大家玩個遊戲，如果大家都表現良好的話，我就會安安靜靜地離開，相反地，如果你們輸了遊戲，我只好勉爲其難地帶走你們往後的人生，這樣就很遺憾了。現在宣布遊戲規則第一條，每個人都必須對我的要求立刻做出回應，違反規則，就得先挨一槍，聽懂了嗎？」

地板上的三人點頭如搗蒜。

「很好，看來你們都很有希望過關喔！」陌生人嘉許地拍手，又說道：「我先介紹一下我自己，我叫Mr. Game，今年的年紀是祕密，職業是遊戲管理者，是一個充滿愛心、注重遊戲規則的新好男人，現在，我要你們每個人也做一下簡單的自我介紹，就從你開始吧，男主人先生。」

男主人臉上盡是斗大的汗珠，吃力地說：「我……我叫煤圖二雄，在建設公司上班，今年……三……十六歲。」

Mr. Game滿意地點點頭，眼光移到女主人身上。

女主人深呼吸，努力平靜下來，說：「佐伯京子，家庭主婦，三十四歲。」

Mr. Game點點頭，溫柔地看著噙著淚珠的小男孩。

小男孩漲紅了臉，結結巴巴的，居然一個字也說不出，京子緊張地抱住小男孩，恐懼地說：「小孩子太害怕了，請讓我幫他介紹。」

Mr. Game皺著眉頭，說：「那也可以，不過叔叔要小小懲罰一下不乖的小朋友。」

京子緊緊摟住小男孩，急道：「請原諒他，他叫煤圖秀行，今年九歲，剛唸小學三年級，拜託，請不要對小孩子動粗。」

Mr. Game苦笑著，說：「也好，爲了遊戲進行順利，我就先吃點虧吧，京子，妳有身爲一個母親的幹勁嗎？如果妳能將包裹在三十秒內打開，秀行身上就會少一個洞，開始，三十、二九、二八……」

剛剛才看見丈夫的下場，京子沒有遲疑，一把抓起地上的包裹像瘋子般又咬又撕的，不多久便將包裹撕開，喘著氣，看著沙發上的Mr. Game。

「十五秒，很好，秀行，長大以後記得要好好孝順媽媽喔。」Mr. Game摸摸秀行的頭，秀行感到一股涼意。

Mr. Game接著又道：「現在換秀行表現了，來，說說包裹裡面有什麼。」

秀行胸口劇烈起伏，閃電般答道：「槍、老虎鉗、數學習作簿。」

Mr. Game微笑道：「答對了。秀行，你的數學好不好？」

秀行強忍著嚎啕大哭的衝動說：「普普通通。」

Mr. Game點點頭，眼光掃視三人，說：「現在宣布遊戲的玩法，要注意聽，我只說一次，這是一個家庭倫理大團結的合作遊戲，遊戲的成敗端看你們是否能用心爲對方著想、爲對方付出，如果你們是一個和樂的家庭，這個遊戲將會帶給你們前所未有的親密，如果你們只是一個表面幸福的醜陋家庭，那麼，這個遊戲就只能爲你們的人生打上句號，我這樣說，大家聽懂的話就鼓掌。」

二雄、京子、秀行緊張地鼓掌，二雄心想：「也許這只是一個瘋子，只要我們好好配合，說不定眞能化險爲夷。」想著想著，不由得在妻子的手心上劃了一個愛心，鼓舞著恐懼不安的京子。

「我現在要分配給你們每個人一項任務，達成了，就可以救另一個人，相反的，失敗就會使另一個人爲你喪命，首先是秀行，來，拿起包裹裡的數學習作簿，告訴叔叔，這是哪一個年級的作業簿？」Mr. Game認眞地說。

秀行拿起了作業簿，說：「是國小二年級的算數本。」

Mr. Game說：「二年級的算數對三年級的你來說，應該很簡單才是。我希望你是個用功的好孩子，因爲在接下來的半小時裡，你要寫完一到三十頁的算數，錯的題目不能超過五題，否

則，你媽媽的腦袋就會多一個洞，血會像火山爆發一樣噴出來。秀行，你看過火山爆發嗎？」

秀行慌張地搖搖頭，看著作業簿裡的題目，又看了京子一眼。

Mr. Game說道：「等我說開始的時候，才可以開始寫，不用緊張，現在先閉上眼睛回想二年級的算數吧。接下來是美麗的家庭主婦，京子的任務，來，拿起包裏裡的老虎鉗。」

京子拿起老虎鉗，心中不安地想著自己的任務跟老虎鉗的關係。

Mr. Game嘆了口氣，說：「京子，很抱歉必須這麼告訴妳，妳必須在三十分鐘以內，將自己嘴巴裡所有的牙齒拔光，一顆都不許留，如果拔不完，妳的寶貝兒子就看不到明天的卡通了，妳知道沒有卡通的童年會扭曲一個小孩子的人格發展嗎？」

京子聽了，心中驚駭莫名，看著手中這把烏金的老虎鉗，和身旁搖搖欲墜快要昏倒的秀行，京子心都涼了。

這種感覺可以說是「絕望」嗎？

不，這個時候絕不能絕望，因爲這關係到兒子秀行的命運。

Mr. Game憐惜地看著驚疑不定的京子，說道：「沒關係，妳也不一定要拔掉那口漂亮的牙齒，兒子再生就有了。」

二雄將這一切看在眼裡，心中的憤怒簡直要炸開了胸膛，甚至忘了腳踝上的痛苦，正想破口大罵時，卻硬生生將快到嘴邊的惡言吞下肚裡，因爲他想到，在脫險之前，絕不能惹毛這個隨便開槍的冷血暴徒。

Mr. Game看著垂頭不語的二雄，笑著說：「二雄，你的任務就更艱鉅了，來，撿起包裹裡的槍，我來說說你的任務。」

二雄撿起了包裹裡那把銀色的短手槍，感覺沉甸甸的……應該不是假槍吧，他心想。

Mr. Game說：「這是一把貨眞價實的掌心雷手槍，我已經在裡面裝上了兩顆子彈，你可以打開來確定，自己檢查檢查，裝兩顆子彈的意義，是想讓你有開個一槍的機會，去確定是否是眞槍，再好好考慮你的任務應該怎麼執行，不過如果你想省子彈的話，那也由你。」接著又道：「你身爲一家之主，現在應該很恨我吧，你也許會想，如果能搶下我手中的槍反擊，那該有多好？也許，你只想讓這個惡夢趕快過去就好也說不定，但是，你很明白自己的老婆跟兒子現在正處於很危險的情況中，是吧？」

二雄點點頭。

Mr. Game於是繼續說道：「所以，你可以自由選擇要如何使用手中僅有的兩發子彈，如果你想要殺我，等會可以試試看，當然啦，你並不需要事先知會我就可以開槍，不過，要是你做出這個選擇，我難免會反擊，人之常情嘛，只是說不定你反而死得更快。而且，雖然你有很大的機會可以殺死我，但要是萬一我反擊時沒打中你，卻打中你的老婆跟兒子，你也要悔恨終生，嗯？」

二雄沉默無語，彷彿在思考著什麼。

Mr. Game聳聳肩，又說：「另外，你的任務就是，當你的老婆或兒子沒能達成任務的話，嘿嘿，就幫我開槍吧，因爲我實在不忍心這麼做，當然了，如果你只想殺了我，那也不必執行任務了。」

此時，二雄不語，看著手中的掌心雷，心中已有了盤算：「好，如果到時眞要我殺了老婆跟兒子其中一人，那還不如冒險一試，所以，在京子跟秀行的任務結果出來前，我只要調整自己的心理壓力，掌握開槍的最好時機。」

Mr. Game看著若有所思的二雄、顫抖不已的京子、焦躁不安的秀行，開心地說道：

「遊戲正式開始，計時三十分鐘，READY？GO！」

冰箱後記 1

陰風陣陣，風中瀰漫著詭異的血氣。

一個瘦弱的女人形單影隻地站在一群驚詫不已的男人前。

女人的聲音很輕，卻帶有強大的壓迫感：「一艘船，兩百萬旅行支票，日幣一百萬現金，明天晚上七點，東京。」

阿罪看著地上四隻手臂跟滿地打滾的手下，茫然咕噥重複道：

「一艘船，兩百萬旅行支票，日幣一百萬現金，明天晚上七點，東京。」

02 遊戲

秀行拿起自動鉛筆，迅速地翻開數學習作的第一頁，看見密密麻麻的加法減法計算題，打起精神，前所未有地認眞算數。

他沒有時間緊張，因爲這關係到媽媽的性命。

要一個國小三年級的孩子快速長大，拿著槍逼他算數，也許是個好方法。

不過京子可就慘了。

她有二十八顆牙齒，要在三十分鐘內拔光，平均一顆牙齒幾乎只能花一分鐘對付。

只見她拿起老虎鉗往自己的嘴巴裡塞，夾起大門牙，使勁往下一扳，但門牙只是晃了一下，卻痛得京子眼淚迸出，跪倒在地。

「京子！」二雄難過得快抓狂，掌心雷上全都是憤怒的手汗。

Mr. Game關心地說：「要不要緊？我看還是算了吧，反正秀行這種只會看卡通的笨兒子，現在正好趁機除掉。」

京子看見秀行含著眼淚，拚命地算數學，一咬牙，雙眼暴瞠，拿起老虎鉗夾住大門牙，在慘叫聲中將大門牙硬生生拔掉，鮮血自口中長流而出，京子也幾欲暈倒。

「這就是母愛，懂了嗎？秀行。」Mr. Game說。

秀行點點頭，眼淚滴在習作本上。

京子知道自己的時間緊迫，於是又拿起老虎鉗，忍著劇痛，蜷縮在地上，又將自己另一顆大門牙用力扳斷，這一次京子痛得在地上打滾。

二雄看了幾欲嘔吐，也因為右腳踝的傷口不斷失血，腦袋昏沉沉的。他已盤算就算是犧牲自己，也要護得母子周全。

二雄也將希望寄託在隔壁鄰居身上。

這一層樓共住了三戶人家，其中三井一家上星期出國度假，還要三天才會回來，但緊鄰的藤井一家，現在應該正在晚餐，而藤井樹先生是東京警視廳的刑事小隊長。

雖然這棟公寓的隔音很好，樓上樓下之間絕少聽到彼此的聲響，但藤井家就住在隔壁，希望自己太太的慘叫聲能引起藤井樹先生的注意，機警地來救援。

京子也跟二雄一般心思，她看見Mr. Game並沒有阻止自己慘叫的意思，也就放開喉嚨哭號，一面繼續將自己的牙齒猛力摘掉，過了十一分鐘，京子居然已經將八顆大小門牙、四顆犬齒全給拔掉，嘴巴裡全都是模模糊糊的血塊。

令人瘋狂的劇痛、失血、壓力，讓京子的神智逐漸脫離現實，甚至懷疑這是一個不折不扣的噩夢。

但是，哪有「這麼痛還醒不過來的噩夢」？

Mr. Game看著京子厲鬼般的樣子，鼓掌說道：「沒有一個牙醫比妳厲害，簡直是神乎其技，以後你們一家人也不必看牙醫了，給妳拔牙就行了。但困難的現在才要開始，妳應該知道，後排的臼齒可是最難對付的；秀行也是，習作的後十頁是連加連減的直式算數，也比較困難，加油。」

沒錯，京子痛到撞牆，甚至痛到身體如陀螺般旋轉，好不容易才將一顆臼齒拔出，卻耗盡了兩分鐘。

秀行的眼睛從沒離開過習作簿。

他不敢，因為媽媽也正在為自己的小命搏鬥著。

此刻的他，正經歷著人生最重要的時刻，除了快速演算數字外，他悄悄立下自己的心願：如果今天可以僥倖活下去，將來一定要當一個好警察，把這些變態的壞人通通槍斃。

「真令人感動，你們是一個相親相愛的好家庭。」Mr. Game讚許地說。

當最後倒數五分鐘時，秀行已經寫到第二十七頁了，而京子搥牆頓足、打滾抓髮的結果，卻還有七顆臼齒沒能拔出，她彷彿用盡了身上每一滴腎上腺素，握著老虎鉗的雙手也虛浮無力了，連哀號都轉弱成小貓似的低吟，但京子看見渾身濕透的寶貝兒子，只好竭力用右手胳肢窩夾著老虎鉗，一轉一扭，死命地將根深柢固的後臼齒拔出。

秀行沒有抬頭，也不再流淚，只是輕輕地說：「媽媽，沒關係，我知道妳已經盡力了，我不會恨妳的，我是好孩子，好孩子只會上天堂，真的，妳跟爸爸都要好好活下去。」

京子哭了。

一個小孩子，竟那麼貼心，在自己生命受到這麼可怕的威脅時，卻還想安慰無能的父母。

京子吞下大口鮮血，發狂似地將自己的臼齒當作螺絲，一旋一旋地用老虎鉗轉開，想來齒根旁都成了爛肉，鮮血汩汩冒出，在潔白的地磚上畫出熱情奔放的抽象藝術。

此時，二雄悄悄扳開保險，等待時間終止的那一刻發難……這個暴徒眞是不折不扣的變態，既然你給我機會殺你，我就絕不客氣，等會我一邊開槍一邊撲上去，就算嚥下最後一口氣，也要緊緊抱住你，好讓京子跟秀行有足夠的時間跑到藤井家求救。

時間緊迫。

秀行突然放下自動鉛筆，大喊：「我寫完了！」此刻，秀行才抬頭，看著搖搖晃晃的母親。

Mr. Game微笑地讀秒：「好乖！就剩京子太太要加油囉！還有三十秒。」

但京子還有三顆臼齒沒拔。

屋內的空氣快焚燒起來了。

「逃！」二雄一吼，忍著腳痛，奮力拔地而起，撲上Mr. Game，扣下掌心雷的扳機。

「砰!!」

炸開！

鮮血飛濺在Mr. Game的臉上。

二雄不敢置信地看著自己的右手腕。

就在二雄向Mr. Game開槍時，掌心雷像枚小炸彈一樣爆開，將二雄的右手掌炸碎。

根本是場騙局！

這把掌心雷根本不能發射子彈，而是一把刻意改造過的爆膛槍！

Mr. Game一腳踹開雙眼充滿怨恨的二雄，看著秀行與京子當機立斷地奪門而逃，微笑向抓住他左腳的二雄說道：「身爲一家之主，怎麼可以那麼調皮？」

Mr. Game手中的滅音槍火光一瞬，二雄用來抱住Mr. Game左腿的左手齊肩而斷。

Mr. Game蹲下，將槍管頂著二雄的肛門，說道：「我看過一部黑幫電影，裡面說，要是子彈從肛門射進，那個倒楣鬼就要熬二十七分鐘才會全身痙攣、抽搐死掉，嗯，你等一下記得告訴我這是不是眞的。」

「咻！」

二雄的身體抽動了一下。

Mr. Game站起，看了看手錶，說：「加油！你可以辦到的！」

Mr. Game走出大門。

□

藤井家門口。

京子抓狂似地按著電鈴，而秀行焦急地說：「我們快跑到樓下去！」

京子敲著鋼門，亂拉門把，竟打開了門。

門沒鎖。

京子沒有細想，驚喜地拉著秀行進入門內，迅速反鎖上門，正想找電話報警時，卻看見藤井先生跟藤井太太都坐在餐桌旁，一動也不動。

「藤……」

京子話還沒說出口，雙腿立刻發軟，內心的恐懼沸騰了起來。

藤井樹先生跟藤井太太的身上到處都是割痕，整個餐桌跟地板上都是濃稠的血水，空氣中凝滯著讓人作嘔的腥味。

京子用手摀住秀行的眼睛，安慰四肢發軟的秀行：「不要怕，門是鋼做的，我們趕快打電話報警。」

秀行聽到京子滿口模模糊糊的口音，想到媽媽剛才痛苦地拔牙，不禁熱血上湧：「媽，我會保護妳。」

「保護誰啊？」

Mr. Game的聲音。

京子跟秀行倏然回首，只見Mr. Game高大的身影佇立在門邊，手裡晃著一串鑰匙。

顯然，這是藤井家的大門鑰匙。

「Mr. Crazy實在是太crazy了，老是喜歡在人身上雕刻，切切剁剁的，實在是太髒了。」Mr. Game苦笑道。

事到如今，反抗已是多餘。

京子緊緊摟住秀行，閉上眼睛，等待子彈貫穿自己腦袋的那一刻。孩子，對不起，媽在這惡人面前一點力量也沒有。

「砰！」

京子的懷裡濕濕的。

京子幾乎沒有痛苦。

她當然沒有痛苦。

她微微睜開眼睛。

只看到秀行的腦袋醬成一團，乳狀的流體流滿自己懷中。

「秀行救了妳，妳卻救不了秀行，下次記得平常多練習拔牙，以備不時之需。」Mr. Game吃吃地笑道。

京子沒有回話。

事實上，她也回不了話。

Mr. Game很瞭解這一點，所以他放心地轉身離去。

離去，走回煤圖家，蹲在二雄死去的身體旁，仔細地觀察。

「死透了？才過了五分鐘，就死得不能再死了，這都怪你自己不肯努力，一點耐心都沒有。」

Mr. Game不屑地看著這具殘缺的屍體說道。

「遊戲結束，贏家：Mr. Game。」

冰箱後記2.

婷玉：「我明天晚上就要走了。」

勃起：「東京會下雪嗎？」

婷玉：「……現在應該不會。」

勃起：「實在是太可惜了。」

婷玉：「那就這樣吧，祝你考上好大學。」

勃起：「啊？對了。」

婷玉：「什麼？」

勃起：「這是我的住址跟e-mail，如果有壞人欺負妳，就寄信給我，我會去救妳的，這就叫正義。」

婷玉：「不對，這叫友情。」

勃起：「啊，可是我比較喜歡當救星，而不是朋友。」

婷玉：「……救星也可以是朋友。」

勃起：「啊？眞的嗎？」

婷玉：「眞的。」

前往東京的小船上。

婷玉看著滿天星光，平靜的海面彷彿預告著未來的波濤起伏。

「妳在期待著什麼？期待著虛假的記憶？還是痛徹心扉的眞實？」

【我也不知道，如果我眞生於矛盾，那我將歸何處？我的存在只是場笑話？】

「我倒是由衷地期待，這一切只是一場誤會，因爲我實在不希望我們曾被那樣地傷害。」

03 虎豹小霸王

「操！」

赤川咒罵著，從棉被中滾下床。

劇烈喘著氣，身上的汗浸透了內衣，但赤川很快便冷靜下來。

專業素養，加上千錘百鍊。

「好爛的夢。」

赤川喃喃自語，實在不願意多回憶這個夢，畢竟太噁心了。

也許這可以歸類爲職業病吧？殺過太多人的他，夢到死人再平常不過。

但赤川的耳際，依稀可以聽到夢中殘留在現實裡的槍聲。

這個爛夢令赤川睡意全消，但身體卻累得要命，想要睡個回籠覺，卻又不想夢到爛夢的續集。

「才五點半？」赤川看著皮卡丘鬧鐘，嘆了口氣：「平常已經夠累了，我居然還能這麼早起，馬的。」

赤川不禁考慮著，是應該就這樣起床呢？還是該把枕頭換個方向繼續睡？嗯，換個方向睡好了，睡覺最大。

「嗶嗶嗶嗶嗶嗶嗶……」

啊？這麼早？

Damn it，準是壞事。

赤川拿起手機，說道：「喂！不要告訴我現在就得起床。」

電話另一頭：「哈！趕快起床吧！你升小隊長了！」

「啊？不會吧，除非那個狗娘養的藤井升官，或是掛了……」赤川挖著鼻孔。

「Bingo。藤井那隻老狐狸昨晚在他家被謀殺了，你快點來，現場很精彩，包你一邊升官一邊吐。」電話另一頭。

「眞的假的？」赤川疑惑地說，一邊把鼻屎黏在床緣上。

「十五分鐘後在現場勘驗吧，小隊長。」電話另一頭。

「知道了，阿彌陀佛。」赤川。

「阿彌陀佛。」電話另一頭。

赤川趕緊穿上久久沒洗的襪子、襯衫，隨便套上自以爲很帥、實際上卻很臭的長大衣，抓起桌上凌亂食物堆中的車鑰匙，急奔藤井家。

□

車上。

音響播放著老電影《虎豹小霸王》的主題曲：「Raindrops keep falling on my head」，旋律輕快，卻無法使赤川即將升官的心情飛揚起來。

藤井那隻老狗該不會真的掛了吧？

藤井老是搶功，老是壓在自己頭上指揮東指揮西的，沒半點幽默感，又常借錢不還，最機車的是，藤井老是一天到晚罵他「假英雄主義崇尚暴力之實」，甚至在上星期，藤井居然還逼自己看心理治療，看看腦袋究竟是出了什麼毛病。

但，畢竟那老狗是自己跟了兩年的長官，雖然沒有一同出生入死，起碼也一起工作了那麼久，實在不願意看到他被謀殺。

話又說回來，藤井樹連續三年蟬聯刑事小隊C組私下記名投票「最希望殉職的人」的冠軍，甚至在警視廳刑事總隊的網路匿名投票中，也得過兩次「最希望被調職」的榜眼。

此刻在藤井家的現場，一定是充滿了笑聲吧。

赤川想想，的確，也該輪到自己升職了，雖然自己並不喜歡當官，但當了官，至少可以減少被罵的機會，薪水也比較多，還可以光明正大地把用槍報告書亂改一通。

亂改用槍報告可是很重要的。

赤川自兩年前從警校畢業後，就靠著自己高人一等的膽識，在街頭的槍戰中以絕佳的冷靜，擊斃五花八門、包羅萬象、天花亂墜的暴徒；別的刑警在歹徒的火力壓制下，連頭都不敢探出來，但赤川就是敢拚，敢拚得很！好像命不是自己的，甚至曾經大叫一聲就衝進毒販的火網，手持雙槍，在三秒內轟掉五個毒販的腦袋。

如果不提那次赤川拿著雙槍，於一分又五秒內，在碼頭幹掉十二個人手一槍的泰國毒販的話，那一次的街頭戰絕對是警界的經典之作。

但這種事情做得多了，對升遷反而是種阻礙。

因爲，如果做官的老是想衝進槍林彈雨裡，一邊狂吼，一邊毫不留情地指揮下屬送死，那對任何人都沒有好處。

也因爲，手持雙槍，代表有另一個刑警將配槍借給了赤川，這可是嚴重的違紀。

而肯把守護自己生命的武器交給赤川的，當然也只有赤川的最佳拍檔，金田一八〇。

事實上，金田一八〇已經不只一次將配槍交給赤川了，即使是只有兩人執行攻堅任務的危險時刻。

這不完全是信賴。

因爲金田一八〇根本不懂開槍。

「我爲什麼一定要會開槍？」金田一八〇老是喝著有益身心健康的蔬菜汁，一邊不以爲然地這麼說。

「因爲你是刑警啊！」每個人都會這麼說。

「我當刑警是靠腦袋，開槍的事交給赤川就夠了，說眞的，要是赤川不拿雙槍，還眞浪費了他另一隻手。」這是金田一八〇的標準回答。

「沒錯，我們是天下無敵的拍檔。」赤川也永遠這麼附和著。

這話說得很對，金田一八〇就跟他的名字一樣，是個推理破案的天才，經手過的刑案破案率高達八成四六，也常常只憑著沒人理會的線索，跟赤川兩人進出歹徒虎穴破案。

要不是他老是把槍借給赤川，要不是赤川開槍老是難留活口，要不是日本警官僵化的升遷制度，他們倆現在早就是督察級的高階警官了。

在警視廳刑警總隊裡，人們管他倆叫：

「虎　豹　小　霸　王」

□

拉滿黃色封條的藤井家，血跡斑斑。

「你終於來啦，小隊長。」

一個穿著黑色西裝，卻戴著紅色膠框眼鏡的瘦高男子說著。這男子一臉的蒼白書生模樣，他站在封條旁，手裡還拿著一根紅蘿蔔。

一根已被啃掉一半的紅蘿蔔。

「噁心死了。」赤川皺著眉說。他的濃眉大眼、滿臉鬍腮的國字臉，與西裝男截然兩樣。

「的確，現場超暴力的。」西裝男咬了紅蘿蔔一口。

「我是說紅蘿蔔很噁心，金田一八〇，你是兔子嗎？」赤川拿出刑警證，進入命案現場。

「在屍體旁，唯一可以吞進肚子裡的早餐，好像只有蔬菜類吧。」金田一跟在赤川後面，小心翼翼地進入已有多名鑑識人員勘驗的現場。

「放屁，你什麼時候不是在啃紅蘿蔔？馬的，我總是看不習慣。」赤川一看到藤井夫婦倒在餐桌旁，兩人的屍體被砍得血肉模糊的樣子，內心不安了起來。

「那是因爲我總是在屍體旁工作，有時候是爲了破案，更多時候是爲你收屍。」金田一吃吃地笑道：「我看過你製造出來的犯人屍體，比被害人的屍體還多，也許你應該好好考慮去申請個什麼獎的，像是金氏世界紀錄之類的。」

「那是他們罪有應得。」赤川低下頭，仔細端詳藤井樹脖子上的切痕。

「那是因爲你的槍法一級棒。」金田一突然臉色一黯，又說道：「這個血案很奇怪，連住在藤井家隔壁的煤圖家，一家三口也被掛了兩個，唯一倖免的煤圖太太，已經被帶回警局做筆錄了。」

「隔壁也？」赤川。

「嗯，奇怪的是，煤圖太太在我們趕來現場時，她人不在自己家裡，而是抱著死去的兒子，坐在藤井家的地板上。」金田一。

「那孩子呢？怎沒看到？」赤川大致掃視了藤井家。

「被煤圖太太抱進警局了。」金田一無奈地聳肩。

「啊？你剛剛不是說那孩子已經死了嗎？」赤川。

「是沒錯，那孩子整張臉都碎了，阿彌陀佛，但是煤圖太太怎麼樣也不肯放開他，大概是傷心過度吧，我們只好用救護車送他們去警局，再把孩子送進醫院裡相驗。」金田一揚揚眉，說：「我告訴他們，這是新任小隊長的命令，不要糗了。」

「嗯，反正辦案我是馬馬虎虎，聽你的就是了，不過，什麼小隊長的，已經確定了嗎？」

赤川的眼睛一直檢視著屍身上的刀痕。

「在你掛掉電話後一分鐘，警部的公文就以急件命令發布，在這三個月內，你都是代理小隊長。」金田一繼續說道：「只要破了這個變態的大案子，你那小隊長的頭銜就會一直掛下去。」

「變態？我不覺得。用利刃狂砍被害人，這應該算是凶殘吧。」赤川突然爲藤井感到很悲哀，這個機巴老長官身上的刀痕有輕有重，重的連肉都給翻了出來，死前一定受了不少苦楚。

「隔壁家的煤圖二雄先生，四肢斷了三肢，內臟裡還留著一顆子彈，武田醫生相信，那顆子彈是從肛門貫穿進去的。」金田一露出「很痛」的表情。

「馬的，這死變態不要被我抓到。」赤川咒罵著。

「小隊長，現在要怎麼辦呢？」金田一問。

「我命令你告訴我。」赤川也覺得「小隊長」這三個字加在自己身上，實在好笑。

「小的建議，趁媒體還沒聽到風聲前，一把火燒掉現場，把這件事以意外失火報備，省得跟變態糾纏不清。」金田一正色說。

「很好，TPCC5631，金田一八〇警員，明天降轉交指部。」赤川發現自己很想痛扁金田一一頓。

「開玩笑的。第一，武田醫生判斷藤井夫婦的死亡時間，大概是昨晚六點到六點半，而煤圖家人的死亡時間大概是晚上六點半到七點，我剛剛已經叫大樓管理員找出昨天下午到今天凌晨，大樓所有角落的監視錄影帶，等會兒渡邊跟三井會整理。」金田一。

「第二？」赤川。

「再過半小時，叫紀香錄下武田醫生的報告；第三，叫村上查查死者的交往狀況，不過鐵定沒用就是了；第四，我剛剛已經叫鳥山把一大堆凶手留下的血腳印送去鑑定，而指紋、毛髮採樣大概到下午才會結束。最後，等會你再多看看現場後，我們就一起去警部偵訊煤圖太太，希望她的神智已經恢復了。」金田一。

「嗯，我也覺得是強盜幹的，認識的親友不會連屠兩家。」赤川。

「不見得是強盜，因為兩家的現金財物都沒被拿走，甚至，我還懷疑屠殺兩家人的凶手，很可能不是同一個人所為。」金田一。

「從腳印看呢？」赤川。

「好像是同一雙鞋踩出來的，但在藤井家中的血腳印很明顯，而走廊上跟煤圖家裡的血腳印卻很輕，甚至像是踮著腳走路的感覺。最重要的是，在藤井家中行凶的歹徒，簡直是用刀的偏執狂，但殺害煤圖一家的，卻是用槍的高手。」金田一。

「用槍的高手？」赤川一震。

這個話題令赤川不由得提高注意力，腎上腺素大量分泌。

「煤圖家中沒有直接爆開的彈痕，換句話說，那變態每一發子彈都直接命中被害人。」金田一。

「有什麼了不起的，被害人幾乎是沒辦法反擊的靶。」赤川有點不以爲然。

金田一突然將赤川拉到角落，小聲說道：「還有一點很怪，武田醫生說，煤圖二雄的左手掌似乎是從自己手上炸開的，而不是被子彈從外射爆的，村上他們蒐集爆裂物碎片的結果，發現是……」

「掌心雷！」赤川脫口而出。

金田一雙眼瞪得老大，問道：「你怎麼會知道？」

啊？掌心雷？

我在說什麼啊？

赤川突然全身毛骨悚然，眼神呆滯，彷彿被這個問題擊倒。

「沒錯，是爆膛的掌心雷，是誰跟你說的？村上？」金田一狐疑地說。

「先不要跟我說話。」赤川神色凝重地走出藤井家的現場，看著走廊上的血腳印，似乎正竭力思考著什麼。

「好像是很重要的事……」赤川閉上眼睛，隱隱約約地，彷彿感受到了什麼。

金田一識相地站在一旁，啃著最後幾口紅蘿蔔。

過了五分鐘。

「我去看一下煤圖家。」赤川終於開口。

「嗯。」金田一也跟了進去。

冰箱後記3.

東京。

煩噁的感覺，女子在港口旁的堤防上喘氣。

「不知道爲什麼，我全身一直打哆嗦。」

【是害怕眞相揭露後，我會將妳撕成碎片嗎？】

「怕，但更怕東京給我的感覺，好像來到地獄一樣，讓我喘不過氣來……這城市……好邪惡。」

【坦白說，不知道爲什麼，我也很懼怕這個城市，不過……】

「我知道，該還妳的，我不會退縮，我一定會查出事情的眞相。」

【……謝謝。】

「哪有人跟自己說謝謝的。」

挑了間旅社，婷玉皺著眉頭進了房間，帶上門。

木門後傳來放浪的歡愉。

婷玉將頭壓在枕頭下，努力使自己睡著。

她擔心「她」會因爲那交歡的聲音發狂。

隔壁激烈的撞擊聲排山倒海，婷玉彷彿聞得到汗水的原始、嗅到精液的解放。

「明天一定要換一家旅社。」她自言自語著。

04 精密的暴力

赤川蹲在煤圖二雄屍身旁，看著地板上許多白粉筆圈圈。

「怎麼那麼多證物？」赤川。

「大部分都是牙齒，煤圖太太的牙齒，那變態居然硬生生拔掉了她二十五顆牙齒，而凶器老虎鉗已被拿去採指紋，不過，這也應該是徒勞無功。」金田一也蹲了下來，又說：「這個變態恐怕是我們遇過最不正常的瘋子，說真的，要是逮到了他，你不要急著一槍斃了他，慢慢地一槍一槍射爛他吧，反正現在用槍報告是你在批的。」

赤川好像沒聽見金田一說話，臉色迷惘，若有所思地說：「不對，煤圖太太的牙齒不是凶手拔的，而是她自己拔的。」

「啊？」金田一張大了嘴。

「地上有沒有一本習作簿？」赤川滿身大汗地掃視地板。

「她幹嘛自己拔自己的牙齒，還一口氣拔掉二十五顆？」金田一並沒有鄙視的意思，他反而很想知道赤川的推理邏輯。

「先幫我找一下地上有沒有習作簿！」赤川急說。

「沒啊！不過煤圖太太懷中抱著的小孩，手裡好像真拿了本作業本之類的東西，也許是

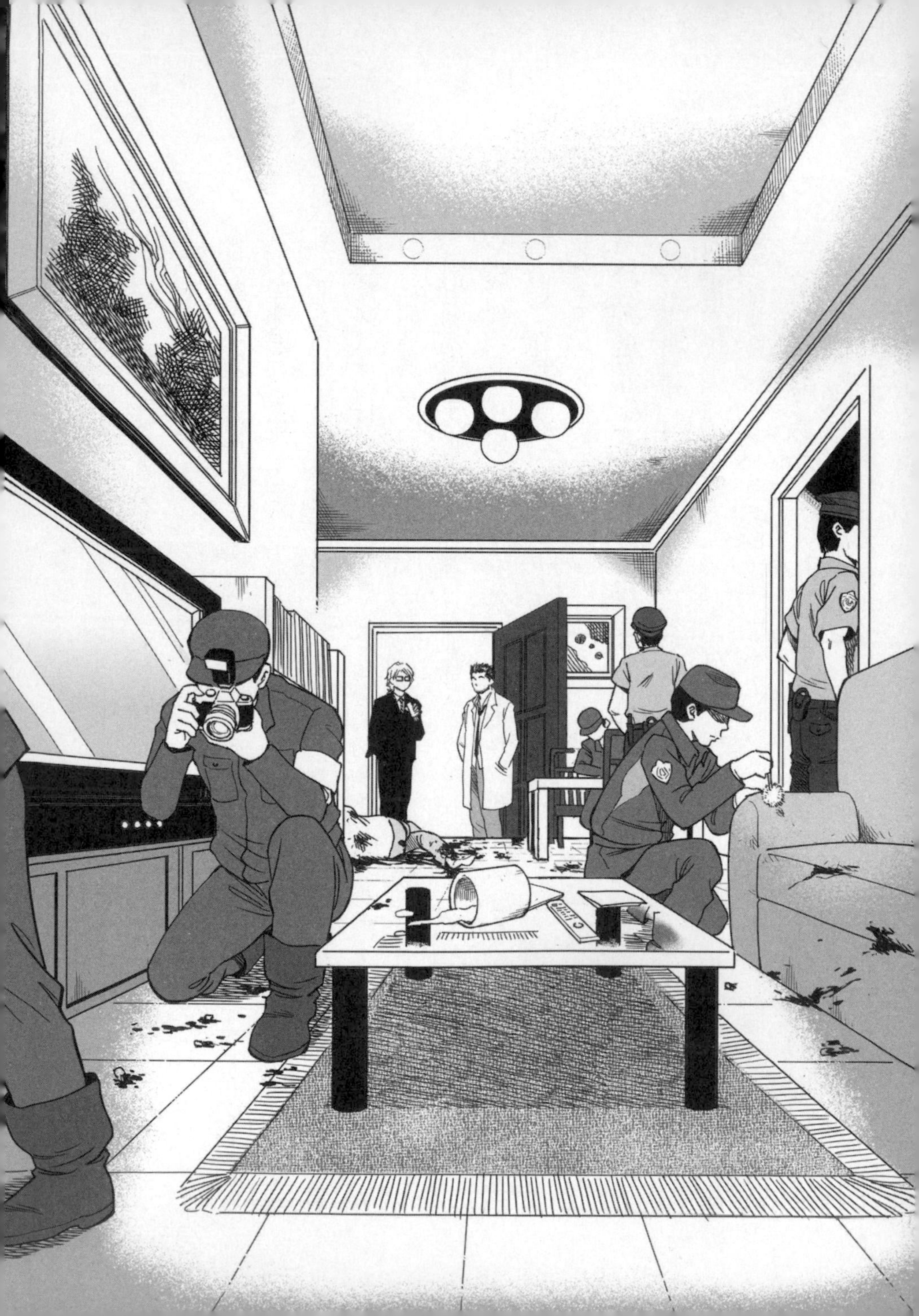

在小孩被槍殺時，正在寫功課，而死後手掌僵硬，所以就這樣牢牢地拿著吧，你放心，我早就交代好煤圖小孩的屍體跟那紙本都要好好保管，不過……」金田一突然感到背脊有些發涼，問道：「你怎麼知道有作業簿這件事？」

「馬的，太詭異了。」赤川霍然站了起來，問道：「兔子，說說你對這個變態的看法。」

「不管是不是同一人所為，我先說說殺害藤井夫婦的凶手，嗯……相當典型的暴力偏執狂，暴力的程度是超A級，精神狀態極不穩定，所以平時也不會假裝是好好先生，甚至連小孩子都能看出他的不正常，刀法狂猛，卻一刀都沒砍中藤井夫婦旁的椅子跟餐桌，可見他下刀雖狂，卻十分精準，甚至不願切下被害人肢體的任何一部分，好讓被害人不會因失血過多而死，而是徹底遭受凌遲般的痛苦才漸漸死亡。你剛剛也看到，藤井兩人大動脈甚至沒斷一條……」金田一說。

「的確很暴力，很精密的暴力。」赤川同意。

金田一於是繼續說道：「我認為，凶手受過特種部隊的訓練，現在並不隸屬任何一個黑道幫派，也不能從毒販網絡調查，因為他絕對單獨行動，也絕對不吸毒，也不會留下指紋、毛髮，不過可以高興的是，他在一星期內一定會再犯案，之後也會不停殺人，所以我們永遠有機會逮住他。」

赤川點點頭：「老子遲早斃了他。」

金田一又說：「至於殺掉煤圖父子的凶手，雖是用槍的好手，但絕不是專業殺手，因為專業殺手其實並不愛殺人，而是爲了錢，這變態是爲了樂趣而行凶，這也跟隔壁的暴力先生爲了滿足單純的嗜血暴力癖迥然不同。」

赤川並不接口，反而嚴肅地等待金田一的推理。

金田一於是繼續說道：「何以見得呢？武田醫生說，煤圖二雄身上的槍傷創口顯示，受傷的時間差距在半小時左右，可見那變態是一個喜歡掌控全局的人，他認爲受害者的生死全操其手，所以不急著殺掉被害人，或許他在這半小時的時間內，對被害人進行種種心理折磨，甚至可能用先生或孩子的性命當籌碼，威脅煤圖太太乖乖地讓他拔完牙齒。你看，現場沒有繩子，屍體也沒有綁痕，所以變態對物理束縛不感興趣，或是不屑，他是一個對自己相當有自信的人，跟隔壁的暴力先生是兩碼子事，暴力先生不懂自信，他只是一台精密的殺人機器。」

不等赤川開口，金田一即做出結論：「變態先生在平常時，也不會是一般人的樣子，他絕對是菁英份子，沒有毒癮，整天掛著爽朗笑容，西裝革履地談論國家經濟、教育大計，所以，要逮住他就容易多了。」

「容易多了？」赤川。

「去調查全東京槍擊協會或練習靶場的會員，因爲他可不是黑幫份子，要練槍總要有地方吧？除非他跟你一樣，是天才中的天才。」金田一。

「嗯，不愧是全宇宙最聰明的兔子，嘿！宮下！」赤川。

一個肥肥的男子拿著證物單據走近。

「赤川，不，小隊長？」宮下。

「幫忙一下，兩個小時後送一份全日本槍擊協會、槍枝俱樂部，以及靶場會員的名單給我，順便查一查自衛隊特種部隊的列管名冊，特別是刀械類的，可能的話，也要一份半年內駐日美軍的逃兵資料。」赤川。

「查全東京的就可以了，菁英份子很忙，也太過自信了，不會越區犯案的。」金田一。

「謝啦，還是你人比較好。」宮下搖著贅肉離開。

「真的嗎？弄錯的話怎麼辦？」赤川苦笑著。

「嗯，變態先生絕對是儀式性的連續犯，也絕對希望跟我們鬥法，所以他不會把線索丟得太遠，如果他想玩遊戲，我們就陪他玩。」金田一。

「遊戲？」赤川腦中又是一陣暈眩。

「怎麼啦？從剛剛到現在，你就不大對勁。」金田一看了看錶，說道：「媒體應該快知道這件新聞了，你還沒吃早餐吧，買一點東西我們在去警部的路上吃，順便告訴我你究竟有什麼看法？」

「嗯。」赤川。

金田一不會開車。

基本上，金田一到各個刑案現場，除了搭公車、地鐵、走路，其餘都是由赤川接送。

「哪有人當刑警不會開車的!?」大家都這樣諷刺著。

「我是靠腦袋在當刑警的，開車這麼複雜的事，就交給車神赤川吧，說眞的，要是赤川一個人開車，恐怕三天內就死了，我可是比任何一張護身符都還靈。」金田一總會這樣說。

「放屁，少說也有五天。」赤川總是不以爲然。

因爲，赤川開車的技術太「狂暴」了，就跟他的拚勁一樣，好像自己的命不是命；只有在金田一當乘客時，赤川才會意識到自己不能「把別人也弄死」，開車也就小心多了。

車上。

仍舊是「虎豹小霸王」的旋律。

「你相不相信這世界上有鬼?」

赤川面色凝重地說。

「信啊，怎麼不信?我還看過鬼咧!」金田一又說道:「我小時候在伊豆的外婆家，有一天黃昏……」

「夠了，那你相不相信托夢?」赤川要是不打斷金田一，就得聽上十分鐘無聊到爆的靈異怪譚。

「信啊，我外公死掉隔年，我就夢到我外公拿著電風扇，要我提醒我那白癡舅舅，夏天快到了，燒電風扇給他時，別再忘了燒電池，免得白燒一場。」金田一認眞地說道。

「馬的，眞有鬼。」赤川罵道。

「是啊。」金田一點點頭，喝著蔬菜汁。

「那……我告訴你，藤井那老狗昨晚托夢給我了，不，不對，不像是他托夢的，應該是煤圖二雄托夢給我，馬的，害我作了一場噩夢。」赤川打了個哆嗦。

「拿去。」金田一遞上蛋堡。

「嗯。」赤川一口塞進整塊蛋堡，口齒不清地說：「我相信你外公的事，你就相信我的事，這個交易怎麼樣？」

「不壞。」金田一晃了晃一瓶蕃茄汁，問道：「獅子，今天喝蕃茄汁嗎？」

「不要，看起來好像血。」赤川繼續說道：「我在藤井家的現場時，依稀記起今天凌晨的一個夢，馬的，那是個不折不扣的噩夢，雖然一些細節我已經想不起來了，但我可以肯定，那個夢跟煤圖家的血案很像，我剛剛在現場的走廊上回憶部分的夢境，加上你對變態先生的側寫，讓我對死者托夢給我這件事更加確信不疑了。」

「我的側寫？」金田一。

「嗯，你對殺死煤圖父子凶手的描述，跟我在夢裡感受到的凶手形象非常接近，是個自信過頭的狡詐之徒。」赤川。

「我嘗試相信你，但，再多說一點你夢裡的情境？」金田一又補充道：「聽說台灣的刑警在遇到難破的凶案，有時會去找靈媒問問被害人凶手是誰，有時也眞因此破了不少怪案。」

「我沒看到凶手的臉，而且對煤圖家人的臉，我也看得模模糊糊，只有對煤圖太太滿嘴是血地拔牙很有印象，簡直錯不了，她絕對是自己拔自己的牙，而不是凶手拔的，這一點可是千眞萬確。」赤川闖過紅綠燈。

「難道是凶手用小孩跟先生的生命威脅她，逼她自己拔牙的？這也不是沒有可能，但未免也太變態了。」金田一推敲著。

「在我的夢裡就是這麼一回事，那凶手好像一直都很快樂，完全沒有逃脫的時間壓力，簡直是在玩著死亡遊戲。」赤川又闖過第二個紅綠燈。

「如果等會兒偵訊煤圖太太時，她也說是自己拔掉自己牙齒的話，那麼……嗯……」金田一搔搔頭。

「那就證明了我的確被托夢了，沒錯，這太合理了，那鬼魂知道我是即將偵辦本案的警官，所以就來托夢給我，是不是？」赤川沒放過第三個紅綠燈，油門一踩即過。

「你剛剛還提到煤圖小孩手中那本習作簿？」金田一拿起紙筆，將赤川的夢境逐一列出。

「那是一本數學習作簿，是煤圖秀行在臨死前寫的，應該也是被凶手逼的，至於爲什麼，我有點忘了，我只記得他拚命地寫，大概是凶手在惡整他吧。」赤川。

「你怎麼知道他叫煤圖秀行？」金田一的筆顫抖著。

他不記得自己曾告訴赤川小孩的名字。

「大概是我在夢裡聽到的吧……馬的，好毛！」赤川咒罵著。

「煤圖太太的名字？」金田一摒息等待。

「京子。」赤川反射地說。

金田一沒有接話，只是看著赤川。

赤川眼皮一跳。

「啊——眞是活見鬼！」赤川搖下車窗，探出頭大吼。

「Bingo。歡迎來到靈異世界，赤川英吉。」金田一靜靜地說。

他的毛細孔也在一瞬間打開了。

車子裡的冷氣彷彿開到了最大。

冰箱後記 4.

一大早，婷玉就被急促的敲門聲吵醒。

進門的是群刑警，婷玉本能地緊張起來，幸虧她大學曾修過日文輔系。

但為首的警官，似乎只是隨口問問婷玉……小姐，昨天晚上有沒有聽見什麼？

有的，當然有的，全是隔壁傳來的瘋狂嘶吼。婷玉很快地回答。

「喔，隔壁死了個女人。」警察沒精打采地說。

「死了個女人？」婷玉一愣。

警察也不廢話，亂抄錄了些東西就關上了門。

婷玉也就大著膽子，好奇地跟在後面，看了拉滿封條的房間一眼。

「原來……難怪警察沒仔細盤問我……」

因為，被割喉的女屍旁，寫了一個血紅的——

「柚」

柚幫，一個行蹤神祕，但殺人卻絕不神祕的組織。

一個憎恨女人的首領。

看著女人喉上的割痕，婷玉既畏懼又憤怒。她第一次在近距離，而非在傳聞上，接觸到那血紅的「柚」字。那個字，似乎擁有恐怖的張力，爆發著一股怨氣。

如果，柚幫領袖是姦滅女人的狂人，婷玉就是殲滅男人的高手。

總有一天。勢必有命運的相遇。

05 紅色的掌印

東京警視廳刑事組，第C小隊。

一個女人，一個沒有眼神的女人，滿嘴血肉模糊地坐在椅子上。

赤川張著嘴，一語不發地瞪著這女人。

這女人不是鬼，模樣卻比眞的鬼還嚇人。

一個極度沉默的女人；一個極度疑惑的男人。

「你再說一次？」金田一看著負責帶煤圖太太來警局的織田。

織田滿身大汗地說：「不關我的事，我才去上一下廁所，煤圖太太就已經把她剩下的牙齒全拔光了。」

金田一左手搭在赤川肩上搓揉按摩，又問道：「織田，你確定她是自己拔的？」

「嗯，我看到她用桌上的釘書機，拔掉她倒數第二顆牙齒……」織田說。

金田一皺眉道：「倒數第二顆？那爲什麼不阻止她拔最後一顆牙？」

織田悻悻地說：「我傻住了嘛，也不敢相信自己的眼睛，就這樣看著她把自己的牙齒拔光了……sorry……」

金田一沒有責怪織田。他一向好脾氣。

赤川雖然沒有好脾氣，但他也沒責怪織田。

他很清楚看到這種荒謬情景的震撼。

赤川也很清楚，自己暫時無法從煤圖太太身上問出什麼。

京子顯然還迷失在凶案的恐懼裡。

她已經瘋了，瘋到連瘋子自己都看得出來。

「怎麼辦？」織田求饒般地問道。

金田一看著茫然的赤川，說道：「先把煤圖太太送去醫院治療嘴巴吧，叫倉木跟蛭田好好保護她，要是煤圖京子回復神智，就立刻通知我們。」

織田眼看虎豹小霸王兩人不再追究自己的疏失，趕緊叫來倉木跟蛭田，把木像般的煤圖京子送進醫院。

「那死掉的孩子呢？」赤川無奈地問道。

「武田醫生還在解剖，我等一下會去寫份報告。」紀香說。

「另外，那孩子手裡的？」金田一想起赤川口中的作業簿。

「在證物組裡，是一本國小二年級的數學習作本。」織田說，金田一與赤川面面相覷。

「鳥山，血腳印怎樣？」赤川又問。

「鑑識組還在調查鞋子的詳細款式，不過他們說，雖然兩個現場的血腳印使力痕跡，顯示是不同習性的凶手留下的，但是鞋子卻是同一雙，或是一模一樣的款式。」鳥山戴著厚厚的眼鏡。

「也許兩個凶手是身材接近的好朋友？約定犯案？」織田。

「一定是這樣，馬的，我的夢也這樣告訴我，好像是兩人組的暴力競賽……」赤川咒罵著，將桌上的冰水一飲而盡。

「夢？什麼夢？」鳥山等人還不知道赤川的遭遇。

「沒事。」赤川看著搖搖頭的金田一。

也許現在先別讓太多人知道這件事比較好，免得自己被懷疑有幻想症……尤其是上星期被藤井強迫看心理輔導那件事，已經成爲刑事C小隊裡的笑話。

「從膛爆的掌心雷那邊，可以查出槍械來源嗎？」金田一試圖轉移話題。

「嗯，這可是件嚴重的事，村上剛剛打電話過來說，那掌心雷的碎片上，有警視廳犯罪證物的祕密編號。」織田凝重地說。

「你是說，那把掌心雷是從證物檔案室裡被偷出去的？」赤川臉上一陣陰霾。

這可不是鬧著玩的。

「村上還說，證物課那邊證實，那把掌心雷是去年我們C小隊緝毒時，一起從毒販那邊沒收的槍，你還記得嗎？就是那個黑人毒販，叫什麼的啊？他想從背後偷襲一八〇，卻被你逮個正著轟爆了頭那個……」織田回憶道。

「那個白癡叫強塞夫。」金田一又道：「不要再叫我一八〇，叫我金田一。」

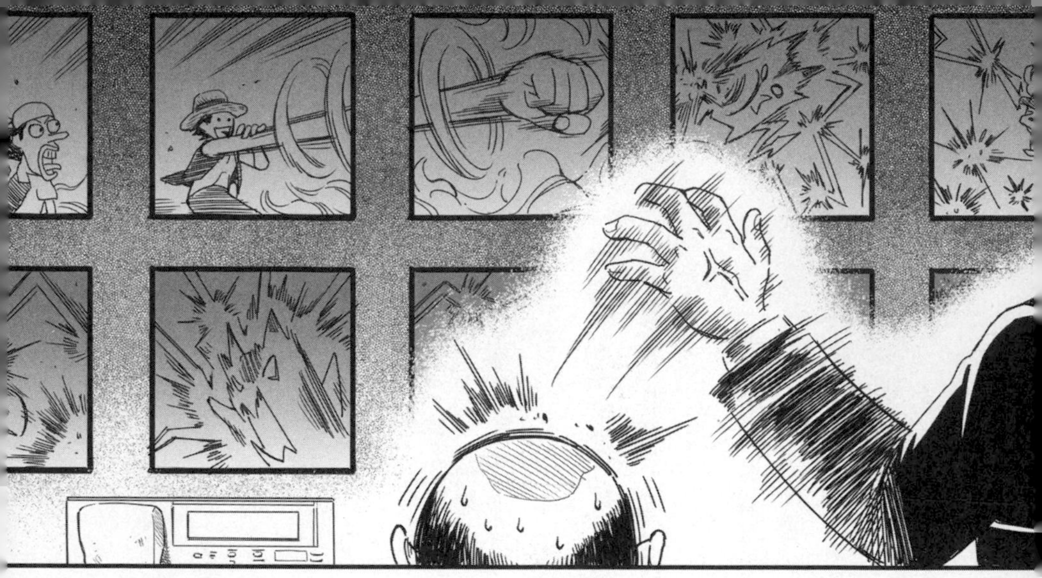

赤川點點頭，說道：「凶手從警視廳檔案室裡偷出我們第C小隊的戰果犯案，又殺了我們一點都不敬愛的長官，去他的，簡直是向我們宣戰。」

金田一不以爲然地說：「凶手未必是從檔案室裡偷槍的，比較可能的是，警局裡有小輩偷槍外賣給凶手，警視廳裡有不乾淨的內賊。」

眾人都點點頭，這時，原本現在應該在研究大樓錄影的渡邊跟三井，帶著一個猥瑣的男子進入辦公室，兩個刑警的臉色不悅到了極點，那男子的樣子也猥瑣到了極點。

「誰幫個忙，把他給斃了!?」渡邊憤怒地拍著猥瑣男子的禿頭。

那禿頭滿是紅色的掌印，看來渡邊已經在上面下了不少心血。

不僅火爆的渡邊壓抑不了內心的憤怒，連乖乖先生三井，也氣得臉都青了。

「又怎麼了啊？我剛上任怎麼這麼倒楣!!!這禿頭是誰啦!?」赤川狂吼，掏出金田一腰際的配槍，頂著那神色驚慌的禿頭腦袋。

「別開槍啊！我叫大德廣三！」禿頭慘叫。

「他說的對，要開槍，請用自己的槍。」金田一慢條斯理地將赤川手中的配槍掛回腰際。

渡邊繼續掌摑那個叫大德廣三的大禿頭，吼叫道：「這個光頭是昨晚輪班的大樓管理員，託他的福，大樓昨晚關鍵時間裡的側錄帶，都是皮卡丘跟海賊王的卡通，王八蛋！這教我們怎麼辦案？」

「我錯了！我睡著了！」大禿頭哭起來的樣子也很猥瑣。

「你錯個鬼！你死定了！」渡邊眞希望這個禿頭也是受害人之一。

「你說你睡著了，但是錄影帶怎麼會錄到卡通？是昨晚的卡通嗎？」金田一沒有生氣，反而覺得禿頭上的紅掌印很突兀、很好笑。

「我不知道!!我眞的只是睡著了!!」大禿頭不停地磕頭。

三井冷冷地說：「應該是凶手在行凶前，進了管理員室改了錄影的線路，因爲錄影帶裡卡通的時間是一小時十二分，後來的時間又回復到大樓裡的各角落監視影像，可見……」

金田一接著說：「可見凶手犯案後，還閒情逸致地把線路調回來。」

「囂張！」

「操！」

「太扯了！」

「先斃了這禿頭啦！」

眾刑警齊聲叫罵著，畢竟這實在是太絕了！而那禿頭只是拚命磕著頭，哭喊著自己任職十多年來，幾乎沒像昨晚那樣酣睡過，更別提凶手還在他身旁修改過線路兩次，他卻渾然不覺。

赤川看著金田一一臉的苦笑樣，實在猜不透現在的金田一，是爲了遇到棋逢敵手的犯案專家而興奮？還是在苦惱著大量流失的線索？

「糟了，媒體現在全擠在大廳！你們快派代表出來說明案情！誰都好，快！」

一個矮胖的中年男子開門急道。

這男子叫大山久信，綽號「豬鼻龜」，是東京警視廳刑事大隊的總隊長，是在刑總「最希望被調職」的投票中，連續擊敗藤井樹當選榜首的爛角色。

「那就交給美麗的紀香了，我還要跟赤川去餐廳討論案情。」金田一微笑地一鞠躬，拉著快抓狂的赤川快步走出辦公室，將媒體丟給既萬能又哀怨的紀香。

冰箱後記 5.

街頭。

婷玉循著多年前遊玩的記憶，探索疏離的城市。

探索著不知是否存在的記憶。

「女人，想玩玩嗎？」兩個色迷迷的男子圍上來。

憤怒的情緒，魔鬼的婷玉，全都湧了上來。

「有何不可？」生硬的日語。

於是，兩隻肥羊搭上野狼的肩膀，往城市的地獄靠近。

這條黑街宛若東京的陰莖，藏在城市最隱密的私處，散發著惡臭。

兩個男人笑迷迷地拿出迷幻藥與針筒。

婷玉試著裝出害怕的模樣，復仇就是要這樣才愉快。

「不要過來！」婷玉尖叫。

「小姐，現在後悔已經太遲了！享受一下吧！」男人的笑聲。

於是，男人掏出陰莖。

於是，婷玉露出微笑。

06 矛盾的夢境

吵雜的餐廳最適合討論各種犯罪。

尤其是警視廳裡的員工餐廳。

因爲在這個全東京最吵的地方，每個警察都在討論各式各樣的案情，沒有人會偷聽誰的對話，事實上，也沒有人能偷聽到誰的對話。

「這實在是太吵了，你怎麼老愛在這裡跟我講東講西？」赤川拿著餐刀猛刺牛排，歪著嘴說。

「餐廳拿來討論凶案最棒了，也最適合思考，卻反而最不適合吃東西，眞好笑。」儘管這麼說，金田一還是點了一份蔬菜湯。

「要跟我說什麼？是關於那個噩夢嗎？」赤川咬著牛肉說。

「嗯，從頭到尾說一遍給我聽吧，每個細節。」金田一又拿出那本隨身小冊，補充道：「我認眞考慮把你的夢列進我的線索範圍裡。」

「你眞的相信我？」赤川有點驚喜。

雖然金田一是自己的死黨，又號稱智商一八〇，對線索的觀察很有獨到之處，但對於一個從天而降的怪夢，金田一的科學頭腦能否眞的接受這麼不合邏輯的線索來源？赤川一直惴惴。

「我很想相信你的夢，因爲，就算最精密的犯案專家，也無法料到自己的罪行居然會被鬼魂帶進一個刑警的夢中，嘻，如果你的夢眞的幫我們抓到那兩個凶手，那一定會讓他們嘔死吧！」金田一笑完，馬上板著臉又說：「當然，目前只是參考參考，你知道的。」

赤川點點頭，於是將夢裡的情景一一道出。

金田一將赤川的話整理在隨身小冊上，又拿給赤川確認：

PS：視界：第三人視界。

凶手在走廊上漫步。

男人開門。

男人中槍。

小孩跟女人跟男人一起坐在地板上。

有人拆包裹，忘了是誰。

凶手的名字裡有個Game字。

凶手在玩某個遊戲。

遊戲規則：

女人要拔自己的牙，不然小孩會死。

小孩要寫功課，不然女人會死。

男人不知爲何拿了掌心雷，但凶手並不在意，應該也是規則。

女人痛苦地拔牙，印象非常深刻。

男人一直失血。

男人開火，但右手因此爆炸，好像是被凶手擺了一道。

女人跟小孩逃到隔壁藤井家。

凶手朝男人的屁眼開槍，好像在計時，說了個數字。

女人跟小孩發現藤井夫婦已經遇害。

凶手站在門邊，轟掉小孩的腦袋。

女人恍恍惚惚的。

凶手蹲在男人旁邊，說了「遊戲結束之類的話。」

噩夢結束。

□

赤川看了，說道：「沒錯，大抵上就是如此。」

金田一深感興味地說：「這就奇怪了，煤圖二雄被膛爆的掌心雷炸掉的，並不是右手，而是左手。」

赤川搔搔頭，說道：「還是我記錯了？不過那一幕我也蠻震撼的，大概是鬼魂自己記錯了吧？大家都說凶死的人，往往記不清楚自己是怎麼死的，因爲死前實在是太驚恐了……」

金田一看著夢境筆記，沉默了好一段時間。

「嗯？」赤川。

「昨天下班以後，我們本來不是要一起去渡邊家，看他養的小鱷魚？」金田一的指尖敲打著桌面。

「是啊，我一個人住好無聊，也想養隻爬蟲類，看看生活會不會有朝氣一點，怎麼？今天要去嗎？」赤川盯著金田一的指尖。

「不去，不過昨天你幹嘛又說不想去了啊？害渡邊想炫耀一下都沒機會。」金田一的指尖依舊快速敲著桌子。

「我昨天不知怎麼的，渾身累透了，大概是沒出勤務太久，辦公室我又坐不習慣，我這個人就是……」赤川眼睛仍盯著金田一的指尖。

「幹嘛不去啊？害渡邊後來一直跟我抱怨。」金田一皺著眉，指尖愈敲愈急。

「你緊張個屁啊？作噩夢的人是我不是你啊！」赤川終於忍不住壓住金田一的手指。

赤川很清楚金田一的習癖，例如，喜歡吃健康的蔬菜，甚至自己也喜歡種蔬菜；生氣的時候會打嗝，雖然金田一很少生氣；在思考的時候眼神絕對東瞟西躲；緊張的時候，就像現在，金田一的手指總是拚命地敲打能碰到的第一個東西。

他沒看過金田一這麼緊張過，因爲金田一的手指敲得實在太急。

「我想看一下你的槍。」金田一伸手就要拿赤川腰際的佩槍。

「看個屁啦!?我可是槍不離身的男子漢。」赤川覺得現在的金田一實在很怪，於是伸手擋住金田一的手。

「信不過我嗎？我可是常常將佩槍交給你的超級好漢。」金田一又開始敲著桌面。

「拿去，你今天怪怪的，雖然我沒什麼資格說你啦。」赤川聽見金田一的話，想想也對，金田一這種老是把命交託給自己的朋友，實在沒什麼好提防的，於是將佩槍遞給金田一。

「喂，你昨晚沒去渡邊那裡，後來跑去哪啦？找女人？」金田一端詳著赤川的佩槍，但手指仍微微敲擊著桌面。

「很累啊，所以就直接回家睡了。」赤川不解，問道：「你在婆媽什麼？」

「一覺到天亮？」金田一。

「一覺到天亮。」赤川。

「你不是被噩夢嚇醒嗎？」金田一。

「嗯，也算一覺到天亮啦！」赤川有點不滿金田一的態度。

「對了，赤川，有件事就當我欠你一份情，怎樣？」金田一苦笑道。

「好啊，什麼事？」赤川愈來愈糊塗了。

「這件。」

金田一突然轉身，將赤川與自己的佩槍交給一個正在吃早餐的女警。

「你發瘋啦？」赤川叫道。

「久美，請幫我跟赤川刑警保管這兩把槍一小時，可以嗎？萬事拜託了。」金田一誠懇地看著這個剛出校園的女警。

「不行啦，規定說……」久美慌張地說。

「對啦，快還給我！」赤川生氣地說。

「這就是我要欠你的情。」金田一堅決地看著赤川。

「你該不會是懷疑我昨晚跑出去作案吧！」赤川怒道。

「我欠你的，一定還。」金田一扮個鬼臉說。

「馬的，你欠我的。」赤川無奈地笑著。

他也不明白自己爲何無法生氣。赤川的外表看起來是個粗魯漢子，而他的內心遠比他的外表還要粗魯，他有時候根本懶得生氣，更懶得對金田一生氣。

「赤川學長，你們的槍還是拿回去吧！」久美緊張地說。

「就讓妳保管一小時吧，小心不要掉了。」赤川聳聳肩，起身就走。

「不行啦！」久美想要站起，卻被金田一溫柔地拉住，說：「拜託！一個小時以後一定會回來找妳，我會跟你的豬頭上司照會一聲，妳儘管在這裡安心蹺班，就一小時。」

樣。

久美無奈，只好小心翼翼地保管這兩把「虎豹小霸王」的雙槍。

金田一搭著更無奈的赤川肩頭，一起走出吵得要命的員工餐廳。

金田一的手指不再急敲，因爲他很清楚：赤川要是無槍在手，就跟一般尋常男子沒有兩樣。

赤川一想到自己居然被好友懷疑是凶手，除了無奈，只感到好笑。

也許還有一點點想踹金田一一腳吧。

「金田一八〇刑事，請問要直接送我到偵訊室嗎？」赤川瞪著金田一。

「免了，我相信現在的你並不是凶手。」金田一搭著赤川的肩膀，悄悄地施力，用最不引起赤川注意的「暗示」手法，讓赤川跟著自己轉彎的方向移動。

「什麼叫『現在的我』不是凶手？難道你懷疑我是夢遊殺人啊？」赤川臉色不悅。

「不要緊張啦，我們先一起去一個好地方。」金田一。

「哪裡？」赤川。

「Dr. Hydra！」金田一笑著說。

「連你也把我當神經病啊！」赤川笑罵道。

冰箱後記 6

「Stop！」

宏亮的聲音。

婷玉即時斂起了魔力，猙獰的男人卻亮出了兩柄槍。

「不要多管閒事，想參一腳就去把風。」色鬼瞥眼一個高大的男子。

「Stop, or die.」聲音的主人。

「聽不懂啦，閃一邊去，老子今天不想殺人，只想打炮。」

兩個色鬼搖晃著手中的槍，狠狠地驅趕多管閒事的路人。

「Can you translate my words for these guys?」聲音的主人看著婷玉。

「他叫你們快滾，不然死定了。」婷玉冷冷地說。

她對這個想要英雄救美的陌生人有種奇異的感覺。

「這樣啊……」色鬼笑著，兩人舉起手槍，扣下扳機。

「砰！」

「砰！」

扳機是扣下了，但兩人的手臂卻已跟身體分家！

婷玉驚詑地看著地上兩條刺龍刺鳳的手臂。

因爲，她並沒有出手。剛剛只見黑影一閃。

出手的，是眼前的男子。蓄著及腰長髮的男子。

「You are safe.」

07 DR. HYDRA

Dr. Hydra，東京警視廳警員心理輔導部門的專業醫師，又兼任犯罪心理分析師，年紀不過是三十多歲，便在學術上擁有相當傲人的成就，不僅在東京警察大學開課，晚上還在醫院裡的心理諮詢中心看病，更常參加國際學術研討會而周遊列國。在犯罪心理學界中，Dr. Hydra是眾人口中的奇才，也常幫助刑警隊分析許多棘手的大案……比如前些日子相當轟動的「高速公路濫射狂」、「獵殺新幹線」、「柚幫爆姦事件」等等。

金田一家裡的書櫃上便擁有一套Dr. Hydra編寫的《解剖犯罪心理》叢書。

赤川聽到金田一想帶他去看Dr. Hydra，心裡也不怎麼排斥，雖然已故的惹人厭長官藤井樹，在上星期就曾命令自己接受Dr. Hydra的面談，「諮商」自己為何老是喜歡拿自己的生命賭博……

說到底，其實赤川不怎麼討厭這種心理治療，赤川回想上星期的面談，雖然第C小隊老是喜歡拿這件事取笑他，但是在面談的過程中，赤川發現Dr. Hydra其實並不像他所擁有的那些頭銜那樣令人生畏，反而一派的開朗、平易近人，甚至有種難以形容的智慧魅力……一種跟金田一八〇迥異的聰明風格。

還有一點相當特別，Dr. Hydra是個綁著金髮馬尾，擁有湛藍雙眼的老外，精通十八種國家語言、四十七種地方語言，一百九十公分左右的高大身材，智慧與外形兼具，風靡了所有警視廳女性。

「我是不反對去看Dr. Hydra啦，不過你得陪我進去。」赤川看了看錶，又說道：「也要快點，我們只有一小時。」

金田一點點頭，敲敲Dr. Hydra專屬辦公室的門。

「請進。」

赤川跟金田一推開門，看見一個金髮洋人正舒適地躺在沙發上，玩著膝上的筆記型電腦。Dr. Hydra。

「別客氣，隨便坐，想喝點什麼？」Dr. Hydra抬起頭來，將電腦放在茶几上，笑咪咪地看著金田一說道：「不過我這裡只有不健康的咖啡跟烏龍茶，沒有營養的蔬菜汁。」

金田一微微訝異著Dr. Hydra驚人的記憶力。

因爲自從他進入警視廳以來，只有在一年半前，在餐廳跟Dr. Hydra談過一次話，吃過一次飯而已。

「沒關係，白開水就好。」金田一笑笑，繼續道：「不知道Dr. Hydra現在能不能撥出一個小時，跟我們談談一個奇怪的事情？」

「Well，沒問題啊。」Dr. Hydra一邊幫赤川煮了杯咖啡，一邊遞給金田一一杯白開水，又說道：「正好解解悶，反正我已經玩了一小時的電腦遊戲了。」

「電腦可以借我看看嗎？我一直想買部筆記型電腦，但不知道該買哪一牌才好，你這台似乎很棒。」金田一瞥見Dr. Hydra的電腦螢幕上，掛著微軟遊戲「新接龍」的畫面，心念一動道。

「別跟我客氣，不過你那麼聰明，哪還需要什麼電腦？還是跟我一樣，只是想玩玩電腦遊戲？呵……」Dr. Hydra笑著說，於是金田一便不客氣地將Dr. Hydra的筆記型電腦放在自己膝上，假意仔細端詳。

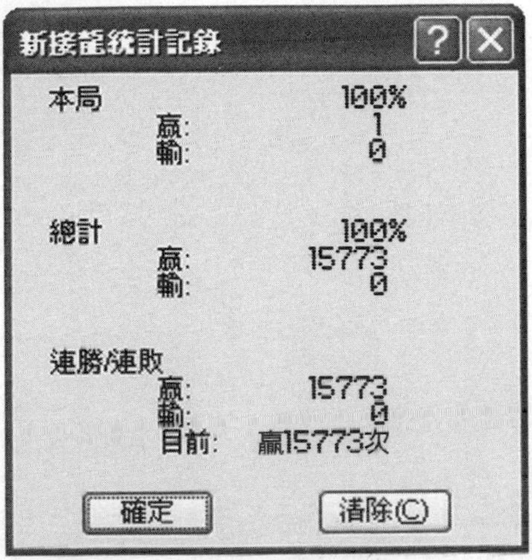

新接龍統計記錄	? X
本局	100%
贏：	1
輸：	0
總計	100%
贏：	15773
輸：	0
連勝/連敗	
贏：	15773
輸：	0
目前：	贏15773次
確定	清除(C)

金田一根本不想買筆記型電腦，只是很好奇Dr. Hydra有多聰明。

於是，金田一趁著Dr. Hydra轉身添加咖啡豆時，開啓「新接龍」遊戲畫面中的「統計紀錄」選項，想看看Dr. Hydra的遊戲勝負記錄……

金田一吐了吐舌頭。

好可怕的紀錄，比起自己的贏5639，輸12，要來得厲害多了。

「只是打發時間，別太當眞了。」Dr. Hydra彷佛背上長眼睛似地，笑著將咖啡機設定好。

「眞是聰明絕頂，狂佩服的。」金田一雖訝異Dr. Hydra的遊戲記錄，卻更佩服Dr. Hydra早就料到他借電腦的意圖。

「好啦好啦，你們兩個聰明鬼可不可以停止互相佩服的對話，聽聽我這個笨蛋的怪夢？」赤川蹺著二郎腿。

「怪夢？你作了什麼怪夢？」Dr. Hydra坐下，愉快地問道，依舊是洋溢著陽光般燦爛的笑容。

金田一將隨身小冊遞給Dr. Hydra，說道：「這是赤川今早所作怪夢的簡述，居然跟昨晚的一件命案幾乎相符，跟另一件命案也有很大相關，希望你給點意見。」

接著，赤川詳細補充了自己的夢境以及在夢中的情緒感受，只聽得Dr. Hydra一臉興致盎然，沒有打斷過赤川奇異的敘述。

「這眞奇了！難道眞是鬼魂托夢？」Dr. Hydra讚嘆道，又問：「金田一，你的看法？」

「當然有可能是鬼魂托夢，我並非科學主義的基本教義派……但是，我懷疑，這會不會是赤川在夢遊的無意識情況下所犯下的案件？因爲赤川昨晚出奇地失約，一個人躲在家裡睡覺……」金田一沒有芥蒂地說，兩隻眼睛天眞地看著他口中的嫌疑犯赤川。

「他的意思是，本大爺沒有不在場證明啦！」赤川哼了一聲。

「多麼令人羨慕的拍檔，居然可以在赤川面前赤裸裸地說出這樣的看法，哈哈，眞的很有趣！」Dr. Hydra拍手笑道。

「算我倒楣，誰教我笨？」赤川把玩著茶几上的紙娃娃。

「不過，扣掉鬼神之說，我不贊成夢遊犯案的說法。」Dr. Hydra。

「是因爲夢境中凶手的手法，不像是無意識所能做出來的嗎？」金田一。

「完全正確。但是，我認爲還有一種可能，就是因『人格分裂』所犯下的案子。」Dr. Hydra深思。

「夠了，乾脆直接把我抓起來算了。」赤川想生氣又生氣不起來。

「你是說，赤川可能有人格分裂症？另一個黑暗人格犯案的過程，朦朦朧朧地被本來的赤川所看見？」金田一認眞地問。

「只是有可能罷了，而且機率相當微小，歐美人格分裂犯罪的可能案例，從第一個被發現的案件到上個月爲止，也不過三十二件，其中醫學上正式確定的，也不過十五件。」Dr. Hydra看著赤川，又道：「我想只是巧合吧，其次，我也不排除鬼神托夢之說，就靈學的角度來說，也有可能是赤川熟睡後，靈體出竅，無意中飄到犯案現場所看到的景象。」

Dr. Hydra毫不避諱談論靈學的爽朗模樣，令金田一頗有好感。

「這個我接受。」赤川感激地說。

「這個說法我先前也有想過，不過，有一點很奇怪，在赤川的夢中，煤圖二雄被膛爆的掌心雷炸掉的手掌是右手掌，但在眞正的案件中，煤圖二雄是左手掌被炸開，而不是右手掌。」

金田一疑道。

「這可以從解夢學跟靈學的角度分別討論，解夢學認為夢境中的顏色大多是黑白兩色的，也有學派認為夢就像鏡子，作夢者是經由鏡射觀察夢中的一切，所以赤川才會看到左右相反的鏡世界；另外在靈學上來說就更多解釋了，當然許多解釋也就意味著缺乏確切的考據，有些地方宗教認為死後亡靈表情代表的喜怒哀樂，跟亡靈真實的情緒是恰恰相反的，亡靈若笑，就表示亡靈其實是難過的，也許亡靈的肢體表達跟事實也正好是相反的，左即右，右即左，東南亞的靈學說法大抵如此。」Dr. Hydra詳細地解說著。

「嗯，的確有可能。」金田一點點頭。

「你的意思是，我真的是作夢，而不是人格分裂的凶手!?」赤川搔搔頭；他本來就不覺得自己有行凶的可能。

「以目前來說，的確是的。人格分裂者常常發生在童年劇創者身上，也多發生在壓力過大、價值錯亂者的身上，但是……」Dr. Hydra站了起來，將煮好的咖啡倒入兩個馬克杯中，又道：「但是，記得我們上星期的面談嗎？」

「怎麼不記得，那老狗命令我來接受你的心理輔導，想矯正我衝鋒陷陣、冒險犯難的英雄習氣，真是丟臉死了。還好你在三小時的面談裡，只是跟我閒話家常，沒有真的對我說教，這一點是不幸中的大幸。」赤川哈哈笑說。

「嗯，從上星期跟你的對談中，我發現你並不是一個壓力過大的刑警，也不是不珍惜自己生命的偏差者，勇於在槍林彈雨中穿梭並非有心理疾病，而是你獨特的興趣，或者說是品味吧，由這一點看來，我可以說你是一個另類的冒險運動家，不像有人格分裂症的特質。」Dr. Hydra將一杯咖啡遞給神色愉快的赤川，一杯留給了自己。

「聽到沒?金田一八〇，Dr. Hydra一八一在教訓你了!」赤川笑道。

「原來如此，那我就放心了，我眞怕我的搭檔有變態的殺人狂人格!」金田一也笑道，鬆了一口氣。Dr. Hydra的分析他不是沒想過，也許他只是想找個藉口看看Dr. Hydra的思路罷了?

「那就好，赤川刑事跟你兩人號稱『虎豹小霸王』，可說是警視廳的鎭廳之寶，破案如神，赤川眞要殺人，坦白說根本不需要如此，你們去抄幾個武裝犯罪集團不就成了?」Dr. Hydra聞著咖啡上的騰騰熱氣，笑笑。赤川不好意思地摸摸頭。

「對了，不知道你對這個案件裡的變態凶手的看法?」金田一想知道Dr. Hydra與自己的看法有何出入。

「你應該有答案了吧，不妨先說看看吧!」Dr. Hydra小啜了一口咖啡。

於是，金田一便將自己於早上告訴赤川的分析，原原本本說給Dr. Hydra聽。

「不錯，我也覺得這兩個凶案的歹徒不是同一個人，不過他們彼此應是約定犯案，要不然，就是凶手具有雙重人格。」Dr. Hydra才剛說完，臉色遽然一變，說道:「等等，我發現這個凶手很可能跟『高速公路濫射』、『獵殺新幹線』的凶手是同一個人!」

「怎麼說!?」赤川一口飲盡熱咖啡，瞪大眼睛道。

「是啊！的確有可能！」金田一重重地敲了腦袋瓜一下。

□

高速公路濫射狂，顧名思義，就是一個在高速公路上濫射行車的狂人。

大約兩個月前在東京外環的高速公路上，那狂人趁著夜色，有時從高速的轎車上間斷地向鄰車開火，有時躲在高速公路旁的草叢中向路過的車輛射擊，精準的槍法、目無法紀的瘋狂，在一週內造成兩百一十四輛汽車、三十五輛大型運貨車、六輛警車翻覆，共造成了五百二十二人死亡的恐怖事件。

整整有一個月，夜晚的東京外環高速公路寧靜得可怕。

幾乎沒有人敢開夜車上高速公路。

而警方呢？雖然動員了三百多名刑警祕密站崗高速公路沿線，仍抓不到行凶的狂人。沒有動機的狂人，在歇手後幾乎斷絕警方逮捕他的可能性，只留下令人扼腕的謎。

就這樣，高速公路濫射狂寫下日本犯罪史上最恐怖的一頁，不過這個記錄並沒有維持太久。

一個多月前出現的獵殺新幹線事件，更創下世界級的超暴力紀錄，兩百多人死亡雖少於高速公路的連環慘案，但用狙擊機關槍在山丘上掃射一輛急速行駛的新幹線火車，使得無辜者連

避免受害的機會都沒有，更教人膽喪心寒；畢竟人們可以選擇不開車避險，但總不能連坐個火車都得怕得要命吧？

整整一個月，東京新幹線列車上的旅客驟減，而冒死搭列車的好漢們，也都養成了屈膝抱頭的怪異坐姿，以縮小被子彈貫穿的面積。

這幾個月，東京幾乎成了孤島，遊客成了保育類動物，而房價也不斷暴跌，大量菁英人口愼重考慮他遷的可能，首都遷都的計畫再度成爲政治熱門話題。

沒有人會懷疑這個變態凶手的影響力是否足以癱瘓一個國家的首都。

□

「我在幫忙刑事特別重案組分析這兩個重量級的案件時，就已經認定凶手絕對是同一個

人，而這凶手犯案的方式，是徹底的無動機與享樂主義，我猜想，這凶手跟你們正在處理的案件一定脫不了關係，而且你剛剛提到，那把掌心雷是從我們的贓物檔案室中被偷出去，而獵殺新幹線的那挺狙擊機關槍也是從警視廳軍火房偷出的，這也是很可疑的共通處。」Dr. Hydra笑著道。

Dr. Hydra不管遇到什麼樣的案件，都能笑笑分析。

「有道理，我的想法是從時間序列中推演：兩個月前這凶手沉迷於高速公路上放冷槍的快感，一個月前又沒來由地襲擊火車，這個月，難道他開始愛上了公寓處刑遊戲？」金田一感到毛細孔火山爆發，渾身熱燙。

赤川也感染到金田一的熱勁，他很清楚金田一一直很期待與犯罪專家之間的鬥智。而正義的勝利可以增加一百倍的快樂。

他眞的很清楚，因爲赤川自己也期待著與變態狂人武力對決的瞬間。

「雖然目前還不能確定，但是……」Dr. Hydra深感興味地看著這兩個無敵組合。

「但是他一定會再犯，而且應該就在這幾天！」金田一微笑道：「但這次他一定會後悔的，因爲這一次，我們擁有前所未有的三張超級王牌。」

「智商一八〇的神探，智商三六〇的犯罪心理學家，還有雙槍無敵的暴力專家，喝！」赤川大吼。

「叩叩叩！」

敲門聲。

「請進。」Dr. Hydra。

一隻肨手推開門……豬鼻龜滿頭大汗地站在門邊。

「還好東條看見你們進Dr. Hydra的辦公室，要不然我可要廣播了！你們兩個趕快整理一下資料，媒體快發狂了，紀香根本招架不住！」豬鼻龜拿起早已浸濕的手帕擦汗。

東京警視廳眞是流年不利，連續兩個超級大案使東京大眾淪陷在防不勝防的屠殺壓力中，民怨之高漲，讓十二位高級警官像骨牌效應一樣接連辭職，卻仍毫無破案跡象，而現在，兩宗血腥的屠殺案甚至爬到警察頭上來了，東京難道眞是魔都？

「OK，我跟赤川去一下餐廳就立刻向媒體發表聲明。」金田一現在渾身是勁，眞想大啃小黃瓜。

Dr. Hydra向豬鼻龜點頭致意，問道：「總隊長要不要進來坐一下？」

豬鼻龜看著紳士氣質的Dr. Hydra，搖搖手道：「不了不了，金田一你一個人去招呼媒體就行了，赤川英吉，你給我留在這裡，好好讓醫生治療一下你的腦袋……讓你去跟媒體哈拉簡直是自殺。」說完，又補上一句：「這是命令，你給我好好留在這裡，待滿三小時再走！好好培養當一個分隊長的自覺！」

「可是案件很緊急啊！等破案以後我一定乖乖在這裡罰站……」赤川感到不可思議，在這個節骨眼上這隻大烏龜居然要自己在這裡接受狗屁治療？

「不打緊，我來就可以了，反正……」金田一露出恥笑的表情。

「快滾啦！」赤川知道金田一下一句是要講「反正你也只會開槍罷了！」

不過赤川倒也不生氣，因爲他知道這完完全全是個事實。

「不要想提早溜掉，我會把你降轉交指部。」豬鼻龜撂下狠話後，喘吁吁地走了。

「我會先去拿槍的，你就跟Dr. Hydra再好好聊聊你那春夢吧，see you，Dr. Hydra。」金田一反手帶上了門。

赤川看著關上的門，嘆道：「算了，知道凶手行蹤再通知無能的我吧！」

Dr. Hydra失笑道：「沒必要這樣妄自菲薄吧，警界的神槍手。」

赤川摸著後腦勺道：「三小時耶，我看就跟上次一樣，在沙發上舒舒服服地睡個大覺，可以嗎？我今天睡得實在不好，都是早上那噩夢害的。」

Dr. Hydra仍是無所謂地微笑：「隨你吧，時間到了我會叫醒你的，要是總隊長中途進來查班，我就說你在進行放鬆療程吧，呵……」

「Thank you!」赤川自不客氣，大字形地將一百八十七公分的身高攤在柔軟的沙發上。

「You're welcome.」Dr. Hydra應道，隨即拿起筆記型電腦，開始他的第一萬五千七百七十四場接龍遊戲。

冰箱後記 7.

婷玉凝視著眼前這位男子。

男子的手中並沒有任何兵刃，只有一把鑰匙。沾滿血水的鑰匙。

「你怎麼辦到的？」驚訝之餘，婷玉的國語衝口而出。

「妳是台灣人？」男子露出他鄉遇故知的笑容。

下午茶館裡的一男一女。

「你剛剛是怎麼辦到的啊？」婷玉很好奇。

「劍氣，加上一點身形挪移。」超長髮男子的語氣平和。

「劍氣？用鑰匙？」婷玉。

「這沒什麼，我師父甚至可以……」男子突然一語不發，看著窗外。

「可以？」婷玉發現男子的眼中珠光波動。

「沒事。」男子低頭。眼神陷入往事的波瀾中，那波瀾裡有個大洞，凜冽的寒風不斷吹進洞裡。

婷玉：「你的功夫好厲害，剛剛眞謝謝你。」

男子淡淡地說：「沒什麼，我救的不是妳，而是那兩個色鬼。」

婷玉不解地看著男子。

男子：「要是我不斷了他們的髒手，妳早就殺掉他們倆了。」

婷玉大吃一驚。

08 兄弟情深

晚上七點半，警視廳第C小隊辦公室。

當村上做完最後一個簡報時，赤川站起來說話：「辛苦了，今晚就由渡邊跟三井留在這裡過濾這些可疑的名單，其他人解散吧，早點回家休息，說不定凶手今晚還會犯案，這樣明天可就累慘了。」

「小心啊！新隊長，說不定凶手今晚就去找你了！」織田抽著菸。

「那樣最好，我腦子不好抓不到他，就怕他不來找我，替我省子彈。」赤川穿起大衣。

「隊長，衣服該洗一洗了。」紀香摀著鼻子說。

「是嗎？」赤川不好意思地說。

「沒錯，贊成的加我一票。」金田一舉手。

「我也一票。」

「我上星期就跟他說過了！」

「好臭，這樣我會沒有工作慾望啦！」

「對啊，案子破不了都是隊長害的。」

「煩死了，我等會就拿去洗啦。」赤川的家裡沒洗衣機。

25
27
YOU WIN
SILENT

「順便連襯衫、內衣、內褲都洗一洗吧。」三井道。

□

金田一宅。

「明天見。」金田一關上赤川的車門，又不忘回頭加上一句：「你家對面不是住了個大娘？」

「幹嘛？」赤川。

「睡覺前若她還沒睡，就跟她打個招呼吧，以後好當作不在場證明。」金田一。

「馬的，平時不理不睬的，刻意打招呼製造的不在場證明才令人懷疑咧，虧你那麼聰明。」赤川。

「也是，去買台針孔攝影機吧，再見！」金田一轉身進了家門。

□

大樓公寓八樓。

兩個男孩子正窩在電視機前玩電視遊樂器。

「叮咚！」

門鈴聲。

「誰啊？」哥哥按下遊戲機的暫停鍵，跑到門孔一看。

是個手裡拿著包裹的高大叔叔。

「請問有人在嗎？這裡有份包裹要您簽收。」陌生的叔叔微笑道。

「請你晚一點再來，我爸爸媽媽今天晚上加班，大概要到十點才會下班耶。」哥哥瞇著眼睛說道。

「這樣啊？可是我再過半小時就要下班了，但這個包裹是急件，你能不能先幫你爸爸媽媽代收一下，要不然裡面的烏龜會悶死的！」陌生的叔叔擔心道。

「烏龜？」哥哥驚喜道：「阿杉，是烏龜耶！」

弟弟也湊到門邊，說道：「我們可以代收嗎？」

這兩兄弟想養小寵物很久了，但爸爸媽媽總是以各種理由不肯答應。

這會是誰送來的呢？

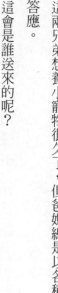

哥哥拉開了門，拿出原子筆在陌生叔叔遞過來的紙上簽名。

「小朋友，你叫大島凜啊？」陌生的叔叔看著紙上的簽名。

「嗯。」阿凜。

「弟弟叫大島杉啊？」陌生的叔叔應該聽見了剛剛阿凜呼喊弟弟的名字。

「嗯。」阿杉。

「很好。」

陌生的叔叔將紙條吃進肚子裡，兩手分別抓住兩兄弟的頭髮，大步跨進屋內，輕輕將兩兄弟推倒在地，將門反鎖。

阿凜跟阿杉沒有大叫救命，只是驚恐地看著吃掉紙條的怪異叔叔。因爲電視影集告訴他們，遇到拿著手槍的歹徒最好不要大吼大叫。

「不要怕，叔叔不是強盜，也不是小偷。」陌生的叔叔微笑，安慰著坐倒在地的兩兄弟。

兩兄弟臉色蒼白，一時之間還不敢相信自己居然會遇到這種倒楣事。

「那你要幹嘛？錢在爸爸房間裡的床頭櫃上……」阿凜鼓起勇氣說。

「叔叔不要錢，只是想玩個遊戲，小朋友，你們幾歲了，上初中了吧？」陌生的叔叔問道，一邊拿著槍晃晃。

「我初二，弟弟初一。」阿凜的聲音微微發抖。

「那都唸過英文了吧，叔叔的名字是英文的喔，跟我唸一遍：Mr. Game！」Mr. Game摸摸弟弟阿杉的頭。

阿杉簡直快尿了出來。

「快唸，不然就像這樣。」Mr. Game露出「眞拿你沒辦法」的表情，微笑地將阿杉的左手小指折斷。

「啊——」

阿杉痛得抱著手指，縮在地上。

「一起唸：Hello～Mr. Game～」Mr. Game摸摸驚呆了的阿凜的頭，和善的語氣教人噁心，彷彿剛剛折斷阿杉手指的不是自己。

「阿杉不要哭，一起唸！」阿凜不敢亂動，眼淚飆出。

「Hello! Mr. Game!」兩兄弟急道。

「很好，Mr. Game是一個好老師，今天要帶你們玩一個遊戲，高不高興啊？」Mr. Game親切地坐在地毯上。

「高興！」兄弟倆一邊擦著眼淚一邊說。

「叔叔這個遊戲是專爲好兄弟設計的喔，我取名叫『兄弟情深』，你們好好玩，要是贏了遊戲的話，叔叔就會饒了你們的小命，因爲叔叔最喜歡相親相愛的兄弟了，不過，要是你們不好好玩，輸了比賽，叔叔可就要生氣啦！」Mr. Game將包裹放在兄弟倆前面，又說：「遵守規則是最基本的要求，要是不乖、動作緩慢，叔叔就會折斷你們的指頭，現在宣布遊戲規則，阿凜，把包裹打開。」

阿凜火速拆開包裹，裡面掉出一把老虎鉗、一根長蠟燭、一只火柴盒。

「阿杉，打開火柴盒。」Mr. Game。

阿杉打開火柴盒，發現裡面只有一根火柴棒。

「遊戲規則一，小心點燃蠟燭，你只有一次機會，要是火熄了，哥哥也死了。」Mr. Game好心提醒阿杉。

「哥！」阿杉緊張地看著阿凜。

阿凜臉色發白，將身體圍住蠟燭，說道：「小心點，不要大力呼吸。」

阿杉點點頭，吸了口氣，劃下火柴。

「很好，遊戲開始，Ready?Go!」Mr. Game瞇瞇眼笑。

「嚓！」火光刷出。

此刻，阿杉身旁的時間全僵成塊狀，阿杉的眼中只有豆般大小的火團。

阿凜一動也不動，拿著長蠟燭，屏息等待火燭交合的一瞬。

「Surprise!」大笑聲。

Mr. Game突然將頭湊了過來，用力一吹。

白色的焦煙將阿杉、阿凜的臉給吹綠了。

Mr. Game拿起手槍頂住阿凜的鼻子，苦笑著道：「這下可麻煩了，遊戲都還沒正式開始，阿凜就要死了……阿杉一個人怎麼玩『兄弟情深』呢？真傷腦筋。」

阿凜再也忍不住，一股熱漿自大腿汩汩流出，眼前昏黑。

「求求你不要殺我哥哥……」阿杉眼淚直流，跪在地上直磕頭，反倒是倒楣鬼阿凜，卻癱在一旁無法開口。

「眞會找麻煩。」Mr. Game摸摸阿凜的腦袋，嘆了口氣：「看在你給哥哥求情的份上，再給你們一次機會吧，不過子彈可不能這樣白白省下來，該花的就要花，是吧？」

「對……該花的就要花……」阿凜回過神來，一股勁地磕頭。

「好，你們跟我來。」Mr. Game走到陽台邊，說：「那個老伯和那個愛唸書的大哥哥，你們想讓誰替阿凜吃子彈？」

阿凜跟阿杉順著Mr. Game的手指望去，看見巷子口那一個天天慢跑的老伯，以及斜對面八樓，正綁著「東大必上」頭巾，倚在陽台上朗誦英文的男孩。

阿凜知道那個老伯伯是巷口糕餅店的師父，而那個重考的男孩則是從前教自己跟弟弟溜冰的大哥哥。

「該怎麼選擇呢？誰應該替你吃子彈呢？」Mr. Game拍拍阿凜的肩膀。

阿凜手心全是冷汗，他已經無法思考道德上的負擔，此刻對一個國二男孩來說，他只能照顧到自己顫抖發麻的小命。

「老伯伯。」阿凜慢慢地說，他看著愈跑愈遠的老伯，心想：「老伯的位置比較遠，壞人應該射不到才對。」

Mr. Game笑笑道：「沒問題。」一手隨意揚起，只聽到空氣壓縮噴出的破空聲，正在慢跑的老伯身體一抽，伏地臥倒。

阿凜的臉色煞白，心中空蕩蕩的，罪惡感湧上心頭。

一個活生生的人竟因爲自己而死。

「不必難過，你沒有時間關心其他人，知道嗎？要不然你親愛的弟弟可就慘了。」Mr. Game領著兩個男孩回到客廳。

Mr. Game看著搖搖晃的兩兄弟，說：「接下來宣布遊戲規則第二條，請你們拿出你們家電視遊樂器中最常玩的格鬥遊戲，雙人對打那種，然後進入遊戲畫面。」

阿凜與阿杉對望一眼，不約而同地點點頭，將地上一片光碟片放進老舊過時的遊戲主機DC中，進入遊戲選擇畫面。

「這款遊戲叫什麼啊？」Mr. Game歪著頭，看著螢幕的介紹，又道：「喔，叫『劍魂』，是3D武器對打遊戲啊，很好啊。」

這款在DC主機上執行的舊遊戲「劍魂」，特色是華麗的兵器對打畫面，敵對的雙方可以從中挑選擅用奇兵異刃的功夫高手對抗，而此遊戲相當精緻，許多功夫畫面都是經由實際考證模擬出來的，另外特別的是，其中一名使用大關刀的可愛女孩，是按照港日台明星徐若瑄的形象所設計。

阿凜與阿杉盯著螢幕，他倆心中慌極，全無主意，只盼爸媽突然出現解救。

「規則三，也就是最重要的規則，關係到遊戲的品質勝敗，叔叔是一個講究的人，不要讓我失望，好好聽著。」Mr. Game扮著鬼臉，繼續說道：「進入對打畫面後，當然就由你們倆廝殺比賽，每一次勝負結果出來後，贏家就可以懲罰輸家的指頭，要是哥哥輸了，指頭就必須任由弟弟用這把老虎鉗將一隻指甲拔下，聽懂了嗎？」

拔指甲!?

阿凜看著地上的老虎鉗，害怕得想吐。

Mr. Game又說：「要是弟弟輸了，指頭就必須被哥哥用力往後扳斷，就跟我剛剛處罰弟弟時那樣；遊戲時間不限，直到你們其中一人的手指跟腳趾全都被另一個人懲罰過才能結束，我也會遵守約定放過你們的小命；不過我建議你們玩快點，免得爸爸媽媽回家後，被我拉過來一起玩遊戲。」

阿凜跟阿杉拿起搖桿，一想到連腳趾也在遊戲賭注裡，兩兄弟胸口沉重得幾乎要崩潰。

Mr. Game蹲在兩兄弟背後，輕輕說道：「規則四，最好好玩、專心玩，不過你們也可以試試逃跑，到時候我就可以玩打獵的遊戲。好了，你們可以開始玩了。」

遊戲畫面。

阿杉看到阿凜選了平時最擅長的巨劍武士，鼻頭一酸。

每次阿凜只要使用巨劍武士，阿杉就幾乎沒有反擊餘地。

「不要那樣看著我，專心玩。」阿凜漠然地說。

阿杉忍不住哭了出來，在模糊的淚眼視線中，他已看不見平時那個很有義氣的哥哥。

人在什麼時候會尿尿？

這可能有一千多種情況，而現在，只是其中一種罷了。

阿杉一邊選了日本浪人跟阿凜的巨劍武士對打，一邊任由尿水湧洩，好像經由尿道可以將害怕排放出來似的。

Mr. Game蹲在兩兄弟後面，看著巨劍武士以壓倒性的技術，不斷地將日本浪人砍翻，讚許地說：「果然還是年長的哥哥厲害些，就像貴乃花再怎麼厲害，遇上若乃花仍是輸面居多。」

沒過幾秒，阿凜的巨劍武士以幾乎沒有受損的情況贏了阿杉。

阿凜看著弟弟先前被Mr. Game折斷的左手小指已紅腫滲血，神色黯然。

「快動手吧。其實我也不願意這樣，只是想讓你們早點瞭解這個社會是多麼無情，勝利者永遠都可以這樣摧殘失敗者，優勝劣敗就是這麼一回事，這個遊戲正好也可以教教你們當一個成功者的重要。」Mr. Game安慰道。

阿杉伸出左腳，低著頭，眼睛緊瞇，五官皺成一團，期待阿凜給他痛快的一擊。

阿凜抓住阿杉的左腳小趾，說道：「對不起。」一說完，就用力一扳。

「哇——」阿杉痛到用頭撞地板。

但左腳小趾卻沒能扳斷。

「再一次，做到好爲止。」Mr. Game不滿意地看著阿凜。

阿凜內心本就充滿對阿杉的愧疚，現在又沒能一次扳斷阿杉的趾頭，心中更是難過，只好再度抓住阿杉的左腳小趾，猛力往後一扳，「喀」地一聲，阿杉痛苦地乾嚎。

總算是折斷了。

「就是這樣，成功的人就要有成功的手段，繼續吧。」Mr. Game點頭嘉許。

第二場，阿凜再度以巨劍武士迅速將阿杉的鎖鍊女KO。

阿杉恐懼地看著阿凜，發抖說：「大力一點。」

阿凜不敢直視阿杉的眼睛，只是點點頭：「趕快玩完，我們就去醫院。」

「喀。」

清脆的一聲，好像虎姑婆啃著小孩指頭的聲音。

阿杉的臉色蒼白，不願低頭察看左腳無名趾的慘狀。

眼淚當然也不會少，只是這次，阿凜流下的眼淚比阿杉的要多得多了。

「第三場。」Mr. Game宣布。

阿凜的巨劍武士拿著比他身體巨大的大劍，威風凜凜地看著阿杉的單刀猛漢，刀光交錯在華麗的動作裡。

二十三秒，勝負已定。

阿杉面如死灰，加上剛剛因爲咬著下嘴唇忍痛留下的血齒印，整個人有如半具死屍。

「這個遊戲也告訴我們：平時多練習電動玩具是很重要的，這個社會需要各式各樣的人才啊。」Mr. Game搗著嘴笑。

阿凜沒等阿杉伸出腳來，就自行抓住阿杉的左腳中趾，說道：「弟，對不起，我們要在爸爸媽媽回家前玩完。」語畢，阿凜咬牙一扳，阿杉眼淚跟大便一起爆漿噴出。

Mr. Game苦笑地搖搖頭，說道：「再一次就叫你把大便吃下去。」

就在此時，陽台外傳來警笛聲。

阿凜跟阿杉知道，這警笛聲不是來解救自己的，而是爲了曝屍巷口的糕餅店老伯。

但，也許……

也許那些警察會一家一家地詢問附近的住戶……包括這裡！

「乖乖玩，警察的事我來擔心就可以了，我不會讓任何事耽誤你們遊戲的興致與品質。」

Mr. Game說著，從腰背上拿出另一支手槍，笑著：「叔叔的雙槍可是天下無敵的強。」

第四場，連勝的巨劍武士痛毆著棍棒少年。

阿凜瞥眼看著弟弟紫脹的腳趾。

小小的身軀，像隻淋濕的小貓，顫抖著。

自己的弟弟正在顫抖著。

是誰，讓從小跟自己蓋同一條棉被睡覺的弟弟顫抖？

是弟弟一向信任的自己啊！

阿凜手中的巨劍武士舉起大劍，遲疑著；瀕死的棍棒少年逮到機會，鑽身進入武士懷中一陣高速連擊。

巨劍武士噴血倒下。

阿凜靜靜放下搖桿，伸出右手，看著張大嘴巴的弟弟，說道：「中指，用力點。」

「哥……」阿杉眼睛一紅，又掉下眼淚來。

「眞才是『兄弟情深』嘛！很好很好！說不定我會因爲哥哥禮讓弟弟而提早放過你們喔，因爲這眞是太令人感動了。」Mr. Game激賞地說，假裝擦著眼淚。

「用力點，我們快點玩完。」阿凜閉上眼睛，他想將自己的心意傳達給親愛的弟弟。

阿杉看著哥哥的右手中指，哭著道：「反正我只剩下十六根指頭了，你還是拔腳趾頭的趾甲就好了，等一下全都折我的，這樣才會快點結束。」

阿杉知道阿凜將右手中指的指甲拔掉後，操作搖桿一定會生疼，如此就不太可能贏得了自己。

阿凜搖搖頭，說：「是我不好，一開始就應該拔我的指甲才對。」

阿杉只好拿起老虎鉗夾住阿凜的中指指甲，閉上眼，心一橫。

什麼叫「痛」？

如果你此時在場，就能清楚明白。

再怎麼愛弟弟，阿凜終究還是個國中生。

指甲血淋淋地夾在老虎鉗的鐵嘴裡，阿凜左手緊握著右手腕，跪臥在地，痛得連慘叫都省下來了。

「好感人，阿杉你以後一定要尊敬哥哥，知道嗎？」Mr. Game看著老虎鉗上的指甲片，又看看阿凜滴著鮮血的右中指。

阿杉眞希望這一切趕快結束。

阿凜額上冒著斗大的汗珠，拿起搖桿說：「快點，不要拖時間，你不想折磨我就趕快拿起搖桿，用最短的時間打敗我！」

阿杉點點頭，趕緊進入對戰畫面，隨意選了一個巨斧大漢，將完全沒有抵抗的巨劍武士迅速打敗，遊戲一結束，阿凜立刻伸出手來，任由阿杉將他的右食指指甲拔掉。

十指連心，這種痛苦直達心臟的最深處。

接下來的一個多小時裡，阿凜完全任由操控的巨劍武士被海宰，也神智模糊地將指甲交由弟弟阿杉拔除，其中有三只手指甲和七只腳趾甲都未能順利一次拔掉，椎心之痛一次次衝擊著阿凜脆弱的神經，甚至痛到嘔吐和兩次失禁，眼淚完全無法控制地迸出。

這一個多小時裡，巷口陣陣騷動，紅藍警燈閃爍不已，黃布條已限制住巷口的通行往來。

但Mr. Game似乎全沒將這一切放在眼裡，只顧著眼前兩位被迫互相凌虐的倒楣小孩。

「你很勇敢，也很幸運，在第二次世界大戰時，納粹跟我們日本趁著局勢大亂，暗地裡都做了許多珍貴的人體實驗，其中在中國大量活體解剖時發現，人類脆弱的身體時常因爲『劇烈的疼痛』使得神經系統痲痹、崩潰，最後死亡。不用失血過多，也不需要致命的傷口，只要大量的疼痛就可以使一個人死亡，人類眞是上帝粗製濫造的不良設計品。」Mr. Game說，看著阿杉拔掉阿凜最後一片腳趾甲。

「拔完了，求求你放過我們吧……」阿凜氣若游絲地說。

「這個當然。看到你們表現出人類最珍貴的情操，叔叔非常感動，希望你們以後也能這樣相親相愛，永遠不要忘了今天寶貴的一課。」Mr. Game和藹地說。

忘了今天？絕不會的。

「謝謝叔叔。」阿凜跟阿杉害怕Mr. Game臨時反悔，於是很有禮貌地道別。

「客氣什麼？」Mr. Game站起來，走到門邊，又說：「我有空還會過來玩，不要忘記要多練習電動玩具喔，我們下次比賽賽車吧！」

阿凜與阿杉不敢觸怒Mr. Game，只好強扮笑臉點頭。

「再見。」Mr. Game笑著，掄起雙槍，朝兩兄弟的大腿各放一槍。

「啊——」兩兄弟轟然慘叫。

近距離的子彈威力將兩兄弟的大腿轟裂，血水像蕃茄汁衝爆果汁機般炸出，兩條大腿詭異地只剩碎皮與兩人連接。

「趕快手牽手，以免到陰間兩兄弟走散了。」Mr. Game好心提醒著連翻滾都沒有力氣的阿凜與阿杉，一邊踩過他們的頭走到陽台，順手將屋子與陽台旁的燈光都關掉。

兩兄弟看著彼此，阿杉的眼中流露出逐漸模糊的害怕，阿凜手握著阿杉的手，卻沒有力氣說話安慰阿杉，靜靜的，一切都靜靜的。除了血水不斷湧出自己身體的聲音。

「好久沒這樣暗算別人了，今天正好練習一下。」Mr. Game看著巷口十多名人頭攢動的刑警，心念一動，掏出雙槍，笑咪咪地連放冷槍。

驚人的冷槍。

巷口的多數刑警甚至來不及掏槍或臥倒，就被從天而降的子彈射中，旁邊的警察看著夥伴莫名其妙倒下，還來不及驚訝，自己也跟著被轟倒。而迅速大字形臥倒的刑警更成為標準的死靶，任由擁有制高權的Mr. Game輕易宰殺；現場只聽見微小的槍聲與子彈呼嘯而過的悶響。

當然，還有慘叫與呼救聲。

「緊急增援！第F小隊在廣濱街巷口遭歹徒……」

子彈貫穿停在巷口的三輛警車，躲在裡面的刑警有的便即喪命。

幾個幸運的警察躲在車後，急忙尋找巷內的冷槍源頭，卻沒發現可疑的對象，只好縮起身體躲避幾乎沒有停過的子彈聲，眼睜睜看著同仁在地上哀號死去。

過了十多秒，槍聲終於停了。

沒有人說話。

因為這一切來得太突然、太駭人了。

剩餘的刑警拿著手槍，全身發抖地縮在車後，雖然歹徒的槍聲已絕，但沒有人敢探頭出來。

時間一秒一秒地過去，空氣中蒸著內臟破裂的味道，沒有人敢撥掉鼻頭上的汗珠，深怕一舉一動都會引起歹徒的注意。

「嘿！surprise！」大叫聲從刑警的背後傳來，警察同時心臟嚇到無力。

聲音的主人愉快地掄起雙槍，接著，就是一場近距離的單方面屠殺。

刑警根本連還手的機會都沒有，便任由子彈攪亂自己內臟的位置。

沒有人看到歹徒是如何飛過眾人的注意，詭異地從巷裡抄到自己的背後偷襲。

也沒有人知道，那位高大的殺人魔王的下一個目標究竟是誰？

「Game Over，勝利者：Mr. Game。」Mr. Game笑著，隱沒在充滿血腥氣息的黑夜裡。

冰箱後記 8.

婷玉默然不語，只感到耳根燒燙。

男子凝視著婷玉：「他們罪有應得，但也不至於非得留下一條命。妳也許很有一套，來到東京似乎也不是爲遊樂而來，只是……」

婷玉緩緩道：「只是什麼？」

男子鄭重地說：「致命的五公尺外，也許有一天會害死妳。」

婷玉不語。因爲也有人警告她同樣的事。

陰風怒吼的五公尺內。蛋殼脆弱的五公尺外。片刻沉默後。

婷玉抬頭：「你來東京找你師父嗎？還是來玩的？」

男子漠然：「來殺一個人。」

婷玉失笑：「殺誰？」

男子：「藍金。」手中的咖啡杯登時碎裂，桌腳一震！

男子霍然站起，說道：「告辭。」

婷玉急忙問道：「你的名字？」

「佐佐木信二，在日本，這就是我的名字。」長髮男子大步走出茶館，背影孤獨蒼涼，卻有一股凜然正氣。

09 又見鬼了

脖子好痠。

赤川緩緩睜開眼睛，摸摸痠得要命的肩膀與脖子。

「這裡是……我怎麼會在這裡？」赤川微微吃了一驚。

赤川環顧四周，馬上明白自己的脖子、肩膀爲何如此痠痛的原因。

「我昨晚又喝醉啦？馬的，怎麼會搞得這麼頹廢……」赤川發現自己竟然縮躺在車子的後座上。

赤川打了個哈欠，將後車窗搖下，讓長腳舒服地懸在窗外。

他闔上眼睛，回想荒唐的昨夜……怪了，自己怎麼會醉到睡死在車子裡？甚至醉到連昨晚是怎麼喝醉的都不記得了！

「嗶嗶嗶嗶嗶嗶……」手機鈴響，顯示是渡邊打來的。

赤川拿起手機，應道：「幹嘛？」

「我渡邊啦，豬鼻龜出事了，你趕快到現場來吧。」渡邊。

「現場？在哪裡？」赤川揉揉眼。

「就是豬鼻龜他家啊，久信昨晚在他家裡被謀殺了。」渡邊。

「豬鼻龜死啦？他也不是不可以死啦，但那裡不是第F小隊的轄區嗎？」赤川摳摳鼻孔，拉出一團青綠色的巨大鼻屎。

「F小隊只剩下兩個成員，現在兩人全躺在醫院裡，其中一個還快斷氣了，這種情形前所未有，所以現場很亂，目前大概是由我們跟第D小隊、第E小隊接手，他們主辦，我們協助。」渡邊的語氣好像也很無奈。

「啊？只剩兩個人？集體蹺班啊？」赤川將鼻屎黏在椅墊下。

「總之快來就對了，金田一我也通知了，現場見啊！」渡邊不耐。

「喔。」赤川掛掉電話，翻身爬上前座。

赤川發動引擎，播放車上唯一的一片CD「虎豹小霸王」，一面想著剛剛渡邊說的話。

豬鼻龜也死了，這可是件大事……雖然沒什麼不好，但前晚刑事小隊長被謀殺已經上了新聞頭條，而刑事總隊長昨晚又接著被幹掉，這個世界真是太奇妙了！東京警視廳今年真是倒楣透了！

廣濱街巷口現場擠滿了媒體與大批維持秩序的警察。

赤川推開胡亂搶拍的媒體，拿出證件，帶著倦容走進掛滿黃布條的現場，不由得大吃一驚。

滿地的粉筆人形與大量血跡乾痕、受創的警車，以及一堆走來走去的鑑識專家與警察。

當然，還有一個正在大啃小黃瓜的怪人，正彎著腰仔細地端詳警車上的彈孔。

「小黃瓜比紅蘿蔔好吃嗎？」赤川拍拍金田一的肩膀。

「水分比較多。」金田一仍盯著車上寥寥無幾的彈孔，說道：「眞絕了，這凶手不只是神

槍手，還是個神槍手中的超級神槍手！」

「怎麼說？」赤川不甚服氣地說。

「你能在一百一十公尺外射殺十四個刑警，卻只誤射警車和牆壁七發嗎？」金田一轉頭問道。

「十四個刑警被殺？怎麼回事？」赤川沒空和凶手作嘴上比劃，驚問。

「第F小隊昨晚八點多接到民眾報案，到這裡調查一個老婦人被槍殺的街頭命案時，居然在一個多小時後遭到凶手從那棟公寓八樓的槍襲，不到半分鐘，第F小隊全都遭到槍殺，唯一重傷未死的兩個刑警還在急救中。」金田一。

「從八樓這麼遠？射殺這麼多警察？」赤川此刻心中的驚訝更甚於因同僚慘死的憤怒。

「不只如此，潤餅他們認爲這個凶手跟殺害豬鼻龜全家、殺害大島兩兄弟的凶手是同一人，而且……我認爲，這個凶手跟煤圖一家、藤井夫婦兩案子也脫不了關係。」金田一。

「啊？大島兄弟？誰啊？」赤川疑道。

「對喔，你剛到啊，我帶你去八樓兩個命案現場看看。」金田一清脆地咬著小黃瓜。

赤川跟金田一跨進重重的黃布條。

「嗨，虎豹小霸王。」一個瘦骨如柴的男子打招呼。

「潤餅，你覺得我剛剛提的推斷如何？」金田一。

伊藤潤餅，東京警視廳刑事第D小隊隊長，平日自認不苟言笑，實際上卻是個冷面笑匠，聽說這是伊藤家的家族遺傳，這點從潤餅他老爸爲他取的名字就可以看得出來。

另外，潤餅對辦案抓凶手很有自己的一套，尤其是他握有廣大的線人網絡（這點好像跟他那當漫畫家的堂哥擁有廣大漫畫迷有關），許多其他小隊也因此常求助潤餅的線報幫忙。

「有道理，但太危險了，我不認爲將殺害豬鼻龜一家人的凶手，跟殺害大島兄弟的凶手視爲兩人是好的判斷，不過我很同意這凶手跟你們那案子是同一個變態幹的。」辦案多年的潤餅也有自己的想法。

「等等，誰來解釋你們剛剛的討論給我聽一下，至少也讓我先看看現場吧！」赤川踏進豬鼻龜的家門，立刻被眼前的情景震懾住。

要嚇到一個殺惡不眨眼的暴力刑警，絕不是區區幾條平凡的死屍可以辦到的。

一個女孩的頭好整以暇地躺在客廳的桌上，眼睛跟嘴巴都撐得大大的，不知在控訴些什麼。

女孩的身體衣衫不整地坐在沙發上，雙手齊腕而斷，全身劃滿數十道刀痕，腸子流了整個沙發。

「武田醫生說，這女孩的腸子被拖出來時她還是清醒的，甚至在她的頭被切下來之前，她都還沒死去。」金田一嘆了口氣。

「馬的，你說的沒錯，這跟殺了藤井夫婦那狂人絕對是同一台暴力機器。」赤川握緊拳頭，又道：「這傢伙全衝著我們警察來了！」

「去臥房看看吧，久信太太也死得很慘。」潤餅回頭吩咐手下：「去跟C隊的渡邊跟織田調藤井家命案的資料過來，包括血腳印。」

赤川同金田一走進臥房，看見大床上躺了一個可憐的女人。

除了滿身上百道的傷痕、滿床的血漬、一團亂七八糟的頭顱，還有一張血臉。

血臉是一片肉塊，上面黏著兩顆眼球，完整的鼻子，還有抹著紫色口紅的大嘴。

「凶手一刀將女人的臉從側邊斬掉，這一刀才是斃命傷，很高明又殘忍的刀勁。附帶一提，古怪的是，武田醫生初步認爲久信太太身上的上百刀傷，應該都是在這一刀以前割下的，凶手不知道用了什麼奇特的方法令久信太太不至因失血過多而死，或許是藥品吧。」金田一看著失去人臉的半張頭顱說。

「絕對跟殺害藤井的是同一人。」赤川看著血臉中的眼球，他的拳頭捏得很緊。

「看看豬鼻龜吧。」潤餅推開浴廁的門。

豬鼻龜赤裸地端坐在馬桶上，身上密密麻麻的刀傷使他的筋肉大量翻出，而豬鼻龜的脖子上沒有頭，不過屍手上倒是捧了一顆。

一顆被斬掉鼻子的頭。

「我們會替你報仇的。」赤川憤怒地說。

「安息吧。」金田一呑下最後一口小黃瓜。

潤餅拍拍赤川的肩膀，說道：「讓金田一帶你去看看隔壁的慘案，這個殺手一夜之間犯下四起謀殺。」

赤川點點頭，同金田一一起走出豬鼻龜宅。

金田一忍不住問道：「剛剛的現場有沒有令你想起什麼？」

赤川說：「我相信你說的，這歹徒就是殺害藤井家的同一人。」

金田一搖搖頭：「我知道，但其實我的意思是……這個凶殺案你有沒有夢到？」

「沒啊！眞的沒夢到。」赤川。

「那就好，免得我老是懷疑你。」金田一笑道，又說：「隔壁的命案受害人是就讀初中的兩兄弟，哥哥叫大島凜，弟弟叫大島杉，依我看，並不是殺害豬鼻龜一家人的凶手所爲，因爲犯案的風格實在是南轅北轍。」

「喔？」赤川跨進血腥味濃厚的大島家。

□

兩個少年躺在地上，雖然各自有一條腿被轟離身體，留下大量血污，但兩人手牽著手，緊緊握著；其中年紀看似較大的少年，還用另一隻手蓋住另一名少年的眼睛，像是臨死前放心不下的關懷。

赤川眼眶紅了。

他想起自己年紀還小時，大他六歲的哥哥爲了保護他不被繼父毆打，憤怒地拿水果刀想殺掉繼父，卻反被繼父捅了一刀，最後倒在自己懷裡死去的往事。

「父母呢？在警局了嗎？」赤川問織田道。

「嗯，哭得死去活來的。」織田遺憾地說。

「嗯。」赤川盯著兩兄弟緊握的雙手，胸口燥熱起伏，一股難以壓抑的殺氣直衝腦門。

「你該爲你哥哥感到驕傲，他是個勇敢的人。」金田一淡淡說道。

金田一看見赤川眼中的怒火與哀傷，立即明白他心裡想到以前的往事。

「我知道，不過我發誓，等那個沒人性的出獄，我一定親手殺了他。」赤川破口大罵。

「我百分之百贊成，我會替你想一個完全殺人計畫幫你脫罪，畢竟你哥哥當初爲你犧牲，就是想要你好好活下去，你可別拿了兩把槍，在大街上轟了你繼父。」金田一。

「謝謝。」赤川點點頭，胸口的悶氣緩了緩。

但，赤川突然眼睛一瞠，說道：「大島凜的手指甲全被拔了下來？」

金田一點點頭，說：「你看看他的腳趾甲。」

赤川看著大島凜的腳趾甲，一陣恐怖感襲來，竟令他身體微微彎曲，眉頭緊皺。

「我知道大島凜身上的指甲都被拔掉很噁心，但不該嚇倒你這個全東京警視廳最大膽的警察吧！」金田一苦笑道。

「不是這樣的……你幫我看看，大島杉的腳趾是不是有被折斷的跡象？」赤川揉揉太陽穴，劇烈地喘息。

「沒錯，武田說折了八根，應該是被人扳斷的。」一旁作現場證物搜查的織田道。

「馬的，又見鬼了！」赤川渾身發冷。

「出去走廊講。」金田一也嚇到了，扶著赤川走到大島家門口的走廊。

金田一敏感地問：「又夢到了？」

赤川緊閉雙眼，努力思索著什麼：「又夢到了，我剛剛看到現場時才想起來，我昨晚好像又夢到一些犯罪的片段……不，幾乎是整個過程……」

金田一緊張道：「包括豬鼻龜他家的慘案嗎？」

赤川搖搖頭，過了許久才說：「沒印象。」

金田一深深吸了一口氣，說道：「把你夢到的一切都跟我說吧，這次你先將夢境說一遍，我再跟你說說我的看法。」

赤川再度搖搖頭，蹲下來說：「我有種想吐的感覺。」

金田一奇道：「你殺過上百個毒販、搶匪，卻被一個夢境嚇暈？」

赤川仍然閉著眼睛，露出痛苦的表情：「沒錯，我是殺過不少人，在殺那一些所謂的壞蛋時，我的眉頭甚至皺都不皺一下，一方面是因爲我確信自己是站在正義公理的一方，另一方面，我在殺人時沒時間可以多作考慮，不是他們死，就是我被殺，所以我也從未想過這麼多。」

金田一：「但？」

「但前晚跟昨晚的夢境，卻給我一種相當眞實的……殺人的感覺，你知道嗎？我在夢裡所看到的，並不是正義與邪惡之間的拔河，而是凶手恣意玩弄人命的恐怖感，眞的，自從那個沒人性的被關進監獄以後，我就從未感受過那種致命的恐怖感，我就呆呆站在被害人的身旁看他們受苦……那些受害者的心理折磨遠比肉體上的痛楚要更撕裂我的靈魂……」赤川擦掉鼻頭上的冷汗。

「撕裂靈魂……你愈來愈像個詩人了。」金田一揉揉赤川緊繃的肩頭。

「兔子，這也許是我第一次懼怕凶手。」赤川張開眼睛。

「把這次的夢境描述一遍吧，看看能不能嚇到我。」金田一吸了一口氣。

「我夢見凶手拿著一個包裹，命令兩兄弟跟他玩一個遊戲，其中弟弟不知爲何在吹蠟燭時失誤了，所以凶手便領著兩兄弟到陽台，要求哥哥在兩個人選中，選擇一個替他擋子彈的衰鬼，其中一個是斜對面的青年，好像是一個要考大學的青年，另外一個人，也就是最後被射殺的，是一個在巷口慢跑的老伯，賣糕餅的老伯，然後凶手……」赤川慢慢地陳述夢境。

金田一打斷赤川：「我確定一下，你夢見被射殺的，是一個正在慢跑的老伯？」

赤川：「嗯，從八樓陽台能夠射中巷口的人，眞的非常厲害。」

金田一：「一個賣糕餅的老伯？」

赤川：「嗯，怪怪的嗎？我也不曉得爲什麼我知道是個賣糕餅的老伯。」

金田一點點頭，說：「沒關係，你繼續說。」

赤川：「然後凶手領著兩兄弟進客廳，要求他們比賽電動玩具，是一款格鬥對打遊戲，這點我非常確定，我看得很清楚……不過凶手立下了恐怖的遊戲規則：如果哥哥輸了一場比賽，弟弟就可以將哥哥的指甲用老虎鉗拔掉，但如果弟弟輸了，哥哥便可以將弟弟的指頭折斷；如果其中一人的二十根指頭都輸光了，遊戲就結束，凶手答應會離開。」

金田一：「從哥哥的屍體來看，的確被拔掉所有的指甲，所以說……凶手臨時反悔？嗯，不，那個變態從一開始就不打算遵守自己定下的遊戲規則，他只想享受掌控人命的快樂。」

赤川點點頭，說：「我也是這麼想，甚至，我幾乎從遊戲一開始就依稀知道凶手這種卑鄙的心態……凶手從門邊手執雙槍，朝兄弟倆的大腿各放一槍，然後走到陽台上，朝著正在處理老伯命案的第F小隊開槍，我現在還可以感受到子彈衝出槍管時，凶手手腕上興奮的震動感，也看見凶手並非隨意開槍，而是相當穩定地射擊；最後，我只看到凶手突然站在倖存刑警的背後，將剩下的人都殺光，血肉橫飛……」

金田一：「你在夢裡怎麼知道是第F小隊來查案的？」

赤川聳聳肩：「不知道，只是強烈地感覺到凶手正在屠殺的，的的確確是第F小隊。或許

我看見了他們的臉孔？我實在記憶有限。」

金田一迅速將赤川的夢境抄錄在隨身小冊上，說：「我們再進去看看眞實的犯罪現場，然後我說說我的看法，一起跟你的夢境對照看看。」

兩人一走回到血腥味濃重的大島宅客廳，金田一便吩咐紀香去斜對面八樓找一個正在準備大學聯考的青年過來問話。

金田一跟赤川則蹲在地板上，看見赤川夢境中提到的長蠟燭。

「吻合，你的夢得一分。」金田一說，然後詢問正在現場調度人馬的第E小隊隊長石田牧：「我可以打開電視遊樂器嗎？」

「隨便。」石田漫不經心。

金田一打開電視螢幕，按下遊戲機的play鍵，隨即出現賽車遊戲的畫面，金田一轉頭看著滿臉疑惑的赤川道：「你的夢扣一分，好大的失誤。」又翻了翻地上的遊戲ＣＤ盒，失笑道：「不過這裡一片格鬥遊戲都沒有，這倒値得玩味。」

這時，潤餅走了進來，說道：「叮咚！血腳印比對出來了，沒錯，和藤井、煤圖家裡的腳印是一模一樣的，只是腳印深淺的差別罷了。」

金田一點點頭，說：「凶手留在陽台上的雙槍呢？」

潤餅說：「在查了，不過已經確定是總局檔案庫裡的證物。」

赤川楞了一下，說：「又是從警視廳偷出來的？」

石田牧插嘴道：「獵殺新幹線的凶器，也是從總局軍火庫偷出來的。」

赤川說：「以前曾聽豬鼻龜說過，在高速公路上亂開槍的混蛋，用的很可能是警制手槍，那個月軍火庫盤點時短少了六把，很可疑。」

潤餅說：「同不同意將這三個大案子的凶手視爲同一人追蹤？」

石田牧跟赤川同時點點頭，只是赤川說道：「但視作同一人又怎樣？同樣一個也抓不到。」

潤餅不以爲然，說：「若能扯上獵殺新幹線與公路亂射事件，總部提供的資源將會多很多。」

「OK，聽你的，你去呈報上級吧。」赤川。

「誰是新總隊長啊？確定會是工藤新衣？」石田牧。

「Ya，有空多去拍拍馬屁吧，正式的公文過幾個小時就會發布了。」潤餅。

工藤新衣，小時候家境貧苦，父親爲他取名爲「新衣」，頗有勉勵其子努力向上的意味；新衣年紀不過三十五歲，便擔任豬鼻龜的副手，表面上是一個循規蹈矩的乖乖牌，實際上卻是個冷血鐵腕的死硬派，在刑事隊裡一向劣評如潮，在各種「希望早點殉職」一類的私下投票中，常緊咬著豬鼻龜與藤井樹。

「赤川！我的運氣實在背透了！」渡邊大吼大叫，押著一個滿臉無辜的中年男子進來。

「怎麼了？」金田一。

「這棟公寓共有十八組監視器，操！每一台的錄影帶都是昨晚HBO的老電影！」渡邊咆哮道：「我一定是跟管理員有仇！」

「馬的，你昨晚在幹嘛啊？」赤川押著倉皇的管理員，要他低頭看看大島兄弟的屍體，說：「你這賤種，你當那什麼狗屁管理員!?」

管理員摀著眼睛，慘道：「我不知道怎樣，昨晚七點半巡邏後，就不小心小睡到八點半多，一直到附近的警察問我巷口命案時，我才被叫醒……」

「你醒來時有沒有發現什麼可疑的人？」金田一想到凶手離開時，應該是九點半多，管理員應該有機會發現異狀。

「沒啊，一直到巷口槍戰時，大樓只有一般住戶進出，沒有任何訪客……」管理員幾乎下跪：「我一醒來就發現監視器錄到的都是電影，還以為是機器故障。」

潤餅聽了，跟金田一說道：「所以說，凶手是在七點半到八點時進入大島家跟豬鼻龜他家的。」

金田一說道：「武田醫生說，豬鼻龜死亡的時間比大島家要早一個多小時，所以凶手行凶相當從容，行動也很詭異，離開時居然沒被門口的管理員發現。」

石田牧說道：「他也相當大膽，居然敢趁管理員打盹時偷改監視器的迴路。」

金田一搖搖頭，說：「如果只有一次，也許是巧合，但他連續兩次偷改管理員室中的監視器系統，一定是用了迷藥、吹針之類的伎倆，才能如此順利地侵入。帶他去驗尿，看有沒有藥性殘留。」渡邊帶管理員下去。

潤餅說：「我看，我們給這凶手取一個代號，以後都這樣稱呼他吧。」

「變態。」赤川提議。

「Monster。」潤餅一向是個漫畫迷。

「東京之鬼。」石田牧。

「管理員殺手。」渡邊冷道。

「等等，Mr. Game……遊戲先生，如何？」赤川突然眼泛異光。

「這個不錯，命中凶殺案的邪惡本質。」金田一附議。

「好，那就遊戲先生吧，小山，記下來發布媒體。」潤餅點點頭，示意下屬照辦。

「遊戲先生，這個名字不錯，遊戲總有結束的時候，只是下次的贏家，應該是我們而不是他老兄。」石田牧說道，但金田一已經不敢如此肯定了。

金田一心想，這樣的犯罪太難防範，下一次出事恐怕只是時間問題。

冰箱後記9

與武功高強的奇人一別後，來到記憶錯亂的老地方，東京大飯店。

婷玉用生硬的日語向服務人員要求調閱自己以前的住宿記錄。

五月六號到八號，婷玉的確跟婉玲與惠萱下榻這裡。

【妳看，我們搬家前一星期，的確是在東京玩啊！】

「我好困惑，但爲何我的記憶跟你完全不同，我們明明是同一個人啊！」

跟櫃台人員要求下，婷玉住進自己以前住過的房間，心裡總覺得不踏實，婷玉努力思索五年前東京行程的細節；拿起筆來，忍著手指的疼痛，詳細列出每一個到過的地方、遇過的人、發生的事。兩個婷玉一起挑燈研究當年的旅途種種。

「我們沒有時間被強暴啊！」

【這些事我也記得很清楚，但就是覺得很不安。】

「我也是，自從來到東京以後，我老是覺得有一把尖刀抵著我的脖子似的。」

【我們一定要找出這種恐怖感的原因。】

「不如徹底重遊一次當年的行程！」

【就這麼辦。】

10 襲警？死！

經過一上午的焦頭爛額，赤川跟金田一都很累了，兩人靠在員工餐廳的椅子上，各自點了大丁骨牛排和什錦水果沙拉當午餐。

警視廳員工餐廳，永遠都是噪音的集合名詞。

「晚上一起喝杯酒吧，你應該試試。」赤川看著金田一桌上的水果沙拉，忍不住說道。

「免了，今天晚上我要陪小喵看歌劇。」金田一看著赤川桌上的大牛排，又說道：「你應該多吃點紅蘿蔔，眼睛才會健康，瞄準壞人才不會失手。」

「我有心眼。」赤川咬著血淋淋的三分熟牛肉。

「你漫畫看太多了……話說回來，你摸著良心說，你的槍法厲害些，還是遊戲先生厲害些？」金田一說道。

「不曉得，應該是我厲害些吧，正義的一方運氣總是強了些。」赤川自信道。

「怎麼會想到把凶手取名成遊戲先生啊？我看你當時眼神怪怪的。」金田一。

「因為我夢裡依稀聽到凶手自稱是Mr. Game，很詭異吧，我想到心裡都會毛毛的。」赤川的鼻子噴氣。

「話說回來，你的夢境的確非常有參考價值，但也有非常奇怪的地方。」金田一很快地吃完水果沙拉，又向服務生要了份野菜拉麵。

「嗯，你是說，我夢見老伯伯被殺，但實際上卻是婦人被殺吧。」赤川津津有味地吃著，不在乎地說道：「也許是我記錯了，要不然就是距離太遠我看錯了。」

金田一搖搖頭，說道：「你說你夢見一個『糕餅店老伯』被殺，但……你在夢裡怎麼知道那個老伯是賣糕餅的呢？別回答我，我知道你也不知道，我只是還想不透這有什麼意義。」

「老虎鉗上的指紋眞的是大島杉的，從這一點可以證明我的夢很眞實吧！」赤川說：「雖然潤餅他們還是認爲，是兇手親自凌虐那兩兄弟的，但兇手既然塗了特殊膠水可以不留下指紋，爲何還要拉著大島杉的手去握老虎鉗呢？眞是多此一舉，連我都會這樣推理了，那些死傢伙還是堅持己見。」

「就算如此，還是有四個大疑點。」金田一吸著拉麵。

「哪四個？電動玩具是第一個吧。」赤川聳聳肩。

「嗯，該不會又是你看錯了吧。」金田一笑道。

「老子怎麼管得著自己該夢些什麼？夢就在那裡，我只能在一旁看著夢發生。你咧？像你這麼聰明的人就可以控制自己的夢嗎？要是我可以控制自己該夢什麼，我早就天天夢遺了。」赤川無力道。

「別發火，我只是想確定你是不是看錯了。」金田一格格地笑著。

「沒看錯，事實上我還在三井家玩過『劍魂』，印象深刻。」赤川。

「這樣啊，或許是你印象太深刻，扭曲了死者傳達給你的夢境吧。」金田一補充道：「目前，我同意這是死者託付給你的任務。」

「隨便，反正我真的不是凶手，我也沒有多重人格，那太卡通了，不適合我。」赤川道，將牛排切得吱吱作響。

金田一說道：「第二個疑點，你說遊戲先生突然跑到第F小隊身後開槍，這簡直不可能……體能上的不可能，而且，遊戲先生將雙槍留在陽台上，合理推論應該是……遊戲先生在陽台上殺了所有的刑警，然後逃之夭夭，而不是飛到第F小隊後面偷襲……除非他身上還有別的槍械，但這又多此一舉了，他大可以用先前子彈尚未用完的警制手槍啊！」

赤川楞了一下，說道：「大概是死者看不清楚吧，所以托夢也有些含糊。」

金田一又說：「你也知道鑑識課的人沒發現第F小隊的附近有血腳印。」

「第三個疑點，你上次的夢境中，既看見煤圖家的血案，又看到藤井家的慘狀，但這次呢？昨晚遊戲先生犯下的四起凶案，你獨獨漏掉豬鼻龜他家發生的凶案，這就奇怪了，死者托夢居然漏掉一個凶案現場。」金田一玩弄湯碗中的胡蘿蔔，再將它挾到赤川的牛排上。

「這也不能怪我啊，這該怪死者太粗心了。」赤川勉強吃掉金田一奉上的胡蘿蔔切片。

「第四個疑點，紀香發現，斜對面八樓的確有個大學重考生，但他昨天傍晚發燒住院，晚上根本不在家，怪了吧？他不應該出現在你的夢裡。」金田一又挾了塊白蘿蔔給赤川。

「也許是死者靈魂的迷亂。」

赤川跟金田一一抬頭，看見Dr. Hydra拿著一盤壽司站在一旁，笑道：「我可以坐下來嗎？」

「坐啊，歡迎跟金田一一起來批評我的夢。」赤川替Dr. Hydra拉出椅子。

「你們剛剛的談話我都聽見了，我從小耳朵就很靈光，老是要趁院長上樓查房時，趕緊爬上床裝睡。」Dr. Hydra笑著，補充道：「我在孤兒院長大的。」

「嗯，我也差不多。」赤川說道。

「你的耳朵眞厲害，我還以爲餐廳是最適合大聲說出祕密的地方呢。」金田一笑笑。

「我半小時後要去醫院一趟，現在簡單地爲赤川做些辯解吧。」Dr. Hydra

說道：「台灣跟泰國靈學認爲，人若是在非常突然的情況下死亡，靈魂往往不知道自己已經死了，或是處於一種相當迷惑的狀態，在傳達訊息給赤川時也就有所失誤，你們剛剛提到的現象或許都能朝這方向解釋。」

「也許吧，但我覺得這些訊息一定隱藏著遊戲先生的祕密。」金田一。

Dr. Hydra微笑，說道：「例如？」

「經過赤川昨晚夢裡的線索，至少使我更加確認，凶手並非只有遊戲先生一人。」金田一看著Dr. Hydra餐盤上的壽司，說：「可以吃一塊嗎？」

「請便。」Dr. Hydra將盤子遞出。

「在夢中，赤川原本不應該看到藤井夫婦的屍體，因爲那兩人並不是遊戲先生殺的。」金田一邊咬壽司邊說。

「那我爲什麼又會看到老狗夫婦的屍體？」赤川不解。

「因爲煤圖母子的逃脫路線經過藤井家，才使你意外地看到藤井夫婦的屍體，而……大島兄弟並沒有逃到豬鼻龜家，所以在第二個夢裡，你自然看不到豬鼻龜一家人的凶案現場了。」金田一。

Dr. Hydra：「你的意思是，是遊戲先生的受害者托夢給赤川的？藤井家跟總隊長家不是遊戲先生殺的，所以赤川照道理不該看到不是遊戲先生犯下的案子？但爲何獨獨遊戲先生手底下的受害者會托夢給赤川，而你所謂的第二個凶手手底下的受害者不會呢？」

金田一點點頭，說道：「這種靈異的原因我現在也想不透，只能靠部分邏輯推演出一點暫時結論。巷口的受害者是遊戲先生殺的，所以赤川看得到，而第F小隊也是遊戲先生殺的，所以赤川也看得到；這是我目前的想法，當然了，這一切無從證明，因爲兩個凶手除了血腳印以外，完全沒留下痕跡。」

「那就奇怪了，我剛剛看電視新聞說，你們已經認定遊戲先生就是獵殺新幹線和公路亂射案件的重要嫌犯，但……爲何赤川沒有夢見獵殺新幹線和公路慘案的現場？」Dr. Hydra輕輕地說，藍眼綻然。

「那就是你的不對了。」金田一看著赤川，嚴肅地說：「你怎麼少夢了這麼多夢？」

「馬的，我夢過了。」赤川毛骨悚然地說。

「啊？」金田一頓時雞皮疙瘩爬滿全身。

「你夢過了？眞的？什麼時候？」Dr. Hydra驚訝地說。

「忘了，一個多月以前的事了。」赤川拍拍自己的臉頰，試圖冷靜下來。

「怎麼沒跟我提過？」金田一放下筷子。

「當時那案子不是我們C隊查的，而是特派小組和自衛隊聯辦的大案子，馬的，我還以爲是我看了電視報導才亂作夢的，現在回想起來，原來又是托夢！」赤川臉色很難看，說道：「Shit！我早就被鬼盯上了！」

「好恐怖，我等一下就申請調隊，好離開你這個鬼附身的傢伙。」金田一試圖逗赤川發笑，當刑警的一定要懂得排遣憤怒與恐懼，不然遲早會受不了壓力申請坐辦公室。

「別擔心，若千眞萬確是死者的托夢，那赤川可說是那些慘案亡魂的寄託，而這些夢境正是上天賜與赤川的珍貴禮物，上天用奇異的方式將死者的願望交托給他，證明赤川是正義的化身。」Dr. Hydra微笑道：「而正義必勝，不是嗎？」

金田一忍不住發笑道：「想不到Dr. Hydra這麼幽默。」

赤川卻一副熱血沸騰的樣子，大叫道：「有道理，老子我就是正義的化身，原來我幹掉一百多個壞蛋的功績早就傳到上帝的耳朵裡啦！他馬的，來一個殺一個，遊戲先生也不過兩隻手，老子還有兩顆金頭腦在旁邊！有什麼任務儘管交代下來吧!!」

金田一拍手笑道：「白癡。」

□

凌晨兩點。

金田一跟赤川步出警視廳，臉上堆滿了睏倦，慢慢走向停車場。

「沒想到會搞到這麼晚，害我在電話裡被小喵罵死。」金田一恨恨地說：「沒帶備份紅蘿蔔出來，眞是失策。」

赤川說：「叫小喵幫我物色好女孩吧，我厭倦一個人打槍的日子。」

金田一懶懶道：「沒有女孩會喜歡不洗衣服的男人。」

這時，金田一看看邋遢至極的赤川，忍不住又說道：「你昨晚又沒換衣服？大家不是提醒過了嗎？」

赤川無奈道：「我昨晚好像喝醉了，倒在車上就睡著了，睡得我脖子好痠。」

金田一手指敲著大腿，說道：「但你身上沒有酒味啊？一整天都沒有。」

赤川拿出鑰匙開車門，說道：「我也不確定是不是喝了酒，總之我太累了，居然沒什麼印象就睡著了，明天一定穿別件上班啦。」

金田一沒有進車內，手肘靠著車頂，手指「答答答」地敲著。

赤川掏出佩槍，丟向金田一，笑罵道：「又在懷疑我了，馬的，我可是上帝欽定的正義使者！」

金田一接住赤川的佩槍，又丟還給赤川，說道：「算了，要是真死在你的槍下，我也倒楣認了。」手指不再敲敲打打，又說：「不過我會作鬼抓你。」

「你不會，你會直接投胎變成兔子。」赤川說。

此時，車上的無線電發聲：「水戶街口第四區發生幫派火拚，請附近刑警前往支援！注意注意！歹徒擁有強大火力，疑有柚幫介入！」

「是潤餅的轄區。」金田一趕忙繫上安全帶。

他非常瞭解赤川的熱血。

「白癡跟漫畫才需要熱血。」金田一常常這麼說。

「虎豹小霸王上場啦！go go go go go……」赤川急踩油門，大吼大叫。

一輛彈痕累累的白色TOYOTA瘋狂地製造兩起小車禍後，轟然滑進槍聲四起的水戶街口。

水戶街附近都是酒家，黑社會圍事、爭地盤時有所聞，明目張膽火拚卻非常態，只是近幾個月來新興的超級黑幫——柚幫——大張旗鼓、殺手如雲，一心想要併吞東京所有的黑社會幫派（甚至包括新鮮組和鬼州組），是以最近的紅燈區老是變成一大堆子彈的跑道，警察乾脆也睜一隻眼閉一隻眼，常常等到火拚結束才姍姍來收屍。

水戶街大約只有五公尺寬，裡面密密麻麻共有四十多間大小酒店，金田一隱隱約約看見，在一百五十多公尺外的一家酒店附近跳動著火光與人影。

「情況！」赤川朝著躲在警車後寥寥三名警員大吼。

「對方……對方拒捕……請求增援！」警員甲發抖道。

「增援個屁！你不認識我也要認識這台車！」赤川興奮地狂吼，此時一顆子彈倏然擦中車前蓋，金田一趕緊抱頭蹲在前座底下。

「槍！」赤川大吼，接過金田一的佩槍，一腳踢開車門，低身往酒店街內S型奔去。

金田一爬起，拿起後座上的擴音器，大叫：「虎豹小霸王來了！虎豹小霸王來了！要閃要快！要閃要快！惹火我們就死定了！」

只見赤川邊跑邊吼：「沒事的趴下！」

當距離槍響不絕處還有七、八十公尺時，赤川腳步不停，雙槍揚起，朝著火光附近開了兩槍，閃身一躲，背靠著飯島愛的眞人等高看板作掩護，卻見兩個黑影在遠處緩緩跪下。

槍聲頓時靜止。

「知道怕了吧！快出來投降，免你不

死！」赤川在看板後鬼叫。

此時槍聲再度響起，卻不像彼此火拚的樣子。

因爲子彈全朝著赤川隱身的看板飛來！

赤川深深吸了一口氣，疾然轉身衝出，大吼：「襲——警——死——」手上雙槍各朝兩個方向迅速開火，彈殼不斷地彈出，炙燙墜地。

伴隨著金田一的擴音加油聲，赤川邊衝邊開槍，從雙槍槍管噴出的子彈宛若裝有自動追敵系統，一發發命中倒楣的黑幫份子，就算沒有命中，也壓得其他人無法探頭瞄準射擊。

隨著赤川步步奔近，子彈也迅速用光了，赤川機警地躲在貼滿色情大頭貼的柱子後，一邊拿出彈匣，一邊調整急促的呼吸。

「投降！不要再開槍了！」「不要開

槍！」「不玩了！不玩了！」

「快點叫救護車，有人快死了！」「我的腳好痛！」「眞的不要開槍啊！」

赤川槍聲是停了，但倉皇的聲音卻此起彼落。

赤川躲在柱子後，慢慢裝上彈匣，大笑：「把槍放下，慢慢走出來，慢慢的，不要邊走邊撒尿！要花槍就別怪子彈不長眼睛！」

「瘋子……」警員乙遠遠地看著，張大嘴道。

「厲害的瘋子。」金田一笑著，他引以爲傲。

冰箱後記10

早上在飯店醒來，婷玉攤開報紙，巨大標題赫然其上。

「警方發布：千萬不要讓陌生人進入家中，並特別注意，不要讓小孩單獨留在家中！」

「遊戲先生連續兩晚屠殺四家人！」

「遊戲先生獨殺十四名武裝刑警！」

「東京已不適合人類居住！」

新宿網咖。

婷玉看著婉玲與惠萱寄來的e-mail中，詳細列出的東京行程，於是拿起自己挑燈寫下的行程來比對。

「百分之百相符，我們沒有時間被強暴。」

【等等，並不是百分之百相符，我們跟婉玲她們有一天的下午茶時間，並不是在一起的！】

「短短的下午茶時間？婉玲的信中說，那時她們兩人去飯店的健身房，我們則在房間睡了一個半小時而已啊！」

11 陰莖神

凌晨三點半，東京警視廳。

「都是你，害我到現在都還不能睡覺。」金田一紅著眼，低頭托腮抄抄寫寫。

「幸好現在的用槍報告是老子在批的，想怎麼寫就怎麼寫。」赤川喜孜孜地說。

在這份金田一胡說八道的用槍報告書中，赤川雖是衝鋒擒凶的要角，但金田一以精準的火力掩護赤川，卻也功不可沒。

「當官就是這點好。」赤川抽著菸，等待潤餅的偵訊告一段落。

半個多小時後，潤餅推開偵訊室的門，打著哈欠說道：「有勞了，剩下的我們會處理，你們這兩個危險人物趕快回家睡覺吧。」

「是柚幫嗎？」金田一下巴靠在桌子上，瞇著眼睛問。

「嗯，其中五個是柚幫的新人，坦白說，其中一個還當過我的線人。」潤餅接著道：「柚幫搞到的火力愈來愈驚人，也愈來愈囂張了，去！眞不曉得他們的腦袋到底在想些什麼？好好的流氓不去玩女人，整天玩刀玩槍的，錢都不知道幹什麼用。」

「說到玩女人，柚幫老大倒眞的玩死很多女人，聽說那些女人的陰部都被玩爛了。」一個正在備份赤川用槍報告的警員說。

赤川用手把菸捻掉，拍拍金田一，說：「走吧，搞不好明天一大早又要去看屍體了。」

金田一搖搖手，向潤餅說：「潤餅，老實說，你對柚幫的認識有多少？」

潤餅削瘦的臉龐露出高深莫測的微笑，沒有答話。

「這是私人談話。」金田一幾乎闔上了眼睛。

「走廊好說話。」潤餅。

□

潤餅打開走廊上的窗戶，吹著帶著朝露的涼風，說道：「你要找柚幫？」

「哪一個警察不想找？」一旁的赤川沒好氣的答。

「你認識柚幫的老大嗎？」金田一不理會赤川。

「見過一次面。」潤餅想了想，又說：「大約在兩個月前吧。」

「馬的，怎麼見到的⁉他是個什麼樣的人⁉」赤川興奮了起來，畢竟對方可是一個背景資料幾乎全無、行蹤詭密的狠腳色。有人說柚幫老大是泰國人，也有人說他是台灣人或中國黑幫。

「說起來你們也不會信的。」潤餅笑嘻嘻地說：「要見到他，本來是不可能的，就算我向線人下跪也不可能。」

完。

「廢話太多！」赤川吼道。

「那一天，我的轄區出現第三個在汽車旅館遭殺害的女性，床單上用血寫了巨大的『柚』字，於是我馬上下令針對柚幫成員展開追查，隔天逮到兩個柚幫份子，沒想到，那晚我回到家中，就發現一個男子正坐在我家的沙發上看電視，他，就是神祕的柚幫老大。」潤餅幽幽地說完。

「眞的假的!?那你的老婆跟孩子呢？」赤川奇道。

「我也是這麼問他，但他叫我不要擔心，他只是來跟我要個東西，他保證他離開後一小時內，我的老婆跟孩子就會平安地回家。」潤餅想起來還心有餘悸。

「你怎麼知道他就是柚幫老大？他長得什麼樣子？」金田一問道。

「他的模樣乾乾瘦瘦的，年紀只有二十幾歲，卻給我一種蒼涼、漂泊的感覺；他穿了一件白色大衣，上面大剌剌地寫著『柚幫老大』。」潤餅。

「屌。」這是赤川對人類最高的讚美。

「奇特的是，他的腰上纏著好幾層軟軟的肉條，不知怎地，那肉條給我一種非常巨大的精神壓迫感。」潤餅面有菜色。

「他跟你要什麼東西？被你逮到的那兩個手下嗎？」金田一。

「我也是這樣問他，但他笑著說不是，他還說那些女人都是他親手殺掉的，所以他不需要保護沒有犯罪的手下，只希望我在了解凶手的眞相後，能自然地放過他無辜的手下……對了，他的口音不太標準，好像不是日本人。」潤餅繼續說道：「他說他是我堂哥漫畫的忠實讀者，很誠懇地向我要了我堂哥的全套簽名漫畫，說完就走了，實在令人摸不著頭緒。正當我猶豫該不該報告豬鼻龜時，我的老婆跟小孩已經被柚幫老大派人送回家。我考慮再三，實在是不想害自己跟家人的生命受到威脅，於是打消了報告的念頭，隔天也放了他那無辜的手下。」

「屌。」赤川想不出更好的讚美。

「我跟赤川想跟他見個面，你能安排嗎？」金田一靜靜地說道。

「老弟，他不是我們要找的人。」潤餅搖搖頭，又道：「況且，你們也惹不起他。」

「我知道，我只是想跟他做個交易。」金田一微笑著，玩弄著窗戶上凝結的朝露。

「他雖然很殘暴，殺掉的女人也多達三十四人，但這幾個案子絕不是他做的。」潤餅認眞地說：「相信我，不要玩火，會死的。」

「不會死，因爲我根本不想抓他，我眞的只想跟他聊聊，當然，這需要潤餅大哥的幫忙。」金田一認眞地說。

「去！你能要跟他做什麼交易？」潤餅失笑道。

「這就要保密了，拜託了，事成後我一定提拔你當督察。」金田一笑著說。

「提拔我？」潤餅露出「不要把我當白痴」的表情。

「給我五年，我一定能提拔你。」金田一微微一笑，一旁的赤川大感困惑。

因爲他相當清楚金田一「當官的實力」，只是他更明白金田一不想當官的理由。

金田一根本就不想當官，他曾說：「眞正聰明的人不需要去指使別人，也不需要任何頭銜證明任何東西，不過你不必學我，因爲你是笨蛋，你須要當個小官，不然再亂開槍幾次，你就要被革職了。」

金田一也缺乏當官的利益動機，他曾說：「我每個月投資股票、期貨、金融債券所賺的錢，比首相的薪水高了好幾倍，我幹嘛當官煩死自己？」

但此時的金田一八〇，居然認眞考慮升官的事，眞令赤川大大疑惑，到底金田一要跟柚幫老大交易什麼!?竟需要金田一用飛黃騰達來毀掉悠閒的人生規劃!?

「我會考慮的。」潤餅關上窗戶，不可置信地看著金田一，說：「你這小子，我竟然眞信了你！」

□

早上十點十五分，第C小隊辦公室。

赤川睡眼惺忪地躺在沙發上發呆，金田一坐在藤椅上，有氣無力地啃著紅蘿蔔。

「隊長，這些名單過濾再三都沒什麼發現，不過我還是教幾個人去詢問了。」織田。

「嗯，新人就是要多多磨練。」赤川隨意應答。

紀香看了看錶，嘀咕著：「昨晚遊戲先生大概是放假去了，到現在都還沒有人報案。」

「那樣最好吧，省得我們操心操力，對社會也好。」三井仍看著東京槍擊協會會員名冊。

「話說回來，若凶手停止犯案，我們就永遠偵不破這些案子了。」金田一淡淡地說。

「也是，無動機的殺人案件最討厭了。」三井嘀咕。

「遊戲先生也眞是個高手，除了血腳印，什麼都沒留在現場。」赤川看著自己的腳，又說：「要是我，早就留下一堆指紋和毛髮。」

「要是金田一的話也辦得到吧。」紀香笑笑說。

金田一不語，只是笑笑，繼續啃著手中的紅羅蔔。

「先說好，我今天不能再加班了，我晚上有約。」織田偷偷上網中。

「我也是，其實大家這幾天都累了吧，今天留新人値班就好了。」三井堅持。

「我更累，昨晚完全沒睡，忙著開槍抓壞人，搞到天亮才跟這隻兔子在辦公室睡覺，馬的……」赤川把腳掌抬到鼻子前嗅嗅，又說：「害我都沒時間洗澡，馬的，連續兩天都沒洗澡了耶！」

「難怪我覺得臭死了！我還以爲是屍臭咧！」一直沒說話的渡邊驚吼道。

「臭得要命！我絕對不要跟你一起加班！」紀香露出嫌惡的表情。

「好好好！今天我一定回家洗澡！」赤川紅著臉說。

「鬍子也順便刮一刮吧！像一頭髒獅子！」金田一也說道。

這時，潤餅走進辦公室，向金田一說道：「今晚十點，第十四號碼頭貨櫃。」

拋下這一句話後，潤餅頭也不回就走了。

「我開始喜歡他堂哥了。」赤川笑著說。

□

晚上九點四十五分，東京灣第十四號碼頭貨櫃旁，一輛彈痕累累的白色TOYOTA。

「你到底要跟他說什麼？有什麼好說的？你要說『請不要繼續犯案了』嗎？」赤川看著眉頭緊皺的金田一。

「你那邊的窗戶也拉下好嗎？你好臭。」金田一皺著眉頭。

赤川拉下窗戶，轉手接過金田一遞過來的配槍。

「照道理說，應該不會有什麼危險，不過你還是把槍都上膛好了。」金田一說。

「沒有危險？怎麼說？」其實赤川打心裡也不怎麼害怕柚幫，不就是人多槍多麼？

「有幽默感的人都是可以溝通的，依照潤餅的敘述，我覺得柚幫老大還蠻幽默的。」金田一說，看著車窗外微弱的星光。

「算了，不問你了，你總是歪理一堆，不過我可不打算死在裡面，我還要留著這條命殺那個沒人性的。」赤川若有所思地看著手上的雙槍，又說：「要是眞幹了起來，你只管衝回車上，我會掩護你的。」

「我不會讓這種情況發生，要知道我爸替我取這個名字，還是頗有道理的。」金田一笑著，推開車門。

「最好如此。」赤川推開車門，將雙槍插在腰際。

十點整，一個身穿碎花襯衫的猥瑣男子從貨櫃中走向赤川兩人，陰陽怪氣地問道：「虎豹小霸王？」

「嗯。」

「嗯。」

接著，那男子自行打開車門，伸手向赤川要了鑰匙。

赤川看了看金田一，將車鑰匙遞給了碎花襯衫男子，跟著一起開了車門坐上後座，任由那男子狂飆上路。

「你們老大很龜毛啊，鬼鬼祟祟的。」赤川恥笑道。

男子沒有接腔，只是從後視鏡中瞪著赤川。

大約開了半小時，車子終於停靠在鬧區一家搖頭PUB前。

男子下了車，將鑰匙拋還赤川，冷道：「我們老大是男人中的男人。」

「這樣啊。」赤川正想再譏諷幾句，卻看見金田一指了指PUB門口三個赤裸上身，刺青飛舞的壯漢，說道：「引路的來了，進去吧。」

赤川和金田一跟著三名彪形大漢進了搖頭PUB，穿過一群群正在扮演電動按摩棒的有為青年；到了PUB的深處，大漢之一打開了一扇藏在地毯下的鋼門，三人鑽了進去，赤川與金田一對看了一眼，也鑽了進去。

出乎意料的，地下室沒有噁心的髒亂，也沒有老鼠、蟑螂，也不是赤川猜測的軍火庫，而是燈火通明的……小教堂，一間掛滿奇怪圖騰的小教堂。

奇異的圖騰充斥整間地下室，以各種手法，幽閉隱喻、強烈瘋狂、詭譎魔幻，再再表現出同一個主題：陰莖崇拜。

「那麼多陰莖？都是你們收集的嗎？」赤川環顧四周三十多個渾身赤裸的大漢，沒頭沒腦地問。

「你好臭。」

不太純熟的日語，從坐在黑色浴缸裡洗澡的男人口中說出。

黑色的金屬浴缸就擺在這個地下教堂的深處，背後聳立著一支巨大的藍色陰莖柱。

男子瘦巴巴的臉上掛著憂鬱的眉毛，瘦骨如柴的雙手正擦拭著自己的背。

金田一想起潤餅的描述，心中微微一震。

「對不起，我已經兩天沒洗澡了，你洗完換我洗好了。」赤川漲紅著臉。

「這可不行，這個浴缸只給擁有神的地位的人使用。」削瘦男子說完，站了起來，露出一條，不！手中甩出一條長達五、六公尺長的巨大陰莖！

削瘦男子看著驚疑不定的赤川與金田一，大笑道：「我就是陰莖神，陰莖教教主，也就是

柚幫領袖！找我什麼事!?」

金田一與赤川太過不能接受眼前這超自然的奇異景象，所以兩人都沒有發現削瘦男子在大笑時，眼中似乎泛著一抹淚光。

「找你……當然有事……」金田一結結巴巴地說。

能使金田一思緒混亂的事不多。突然看到一條至少五百公分的陰莖應該居於混亂思緒的榜首。

「是道具嗎？」赤川本想這麼問，但終於在話出口之前勉力吞了回去。

「歡迎來到柚幫分堂，你們是用走的出去，還是被抬著出去，就要看看你們來的目的了。」陰莖神傲然甩盪著手中沾滿泡沫的陰莖。

好久不見，柚子。

冰箱後記11

婷玉坐在深夜的路邊拉麵攤，看著熱氣在麵湯上漂浮著。

「那個下午茶時間，我究竟在做什麼？」

可惜，解答並沒有隨著熱氣浮出水面。

孤獨、迷惘，在東京城壓迫著婷玉的呼吸。

寂寞不是一點一滴淹沒一個人的。

寂寞是崩塌的天花板，一下子就能壓死人。

失落的下午茶時間，平行矛盾的兩段記憶。

12 東京是你的墳場

「我想跟你談個交易。」金田一勉強鎮定下來，但手指已開始下意識地敲擊著自己的下巴。

「這點潤餅轉述給我聽過，讓我猜猜看，你是想要教我幫你找出獵殺新幹線的凶手？也就是你們警方口中的遊戲先生？」陰莖神坐在浴缸前的階梯上。

「沒錯，你能辦到嗎？」金田一冷靜地說，努力不使自己注意到那條勃然巨蟒。

「那就要看看你能開出什麼條件了，金田一八〇？」陰莖神蒼白的臉上露出一抹笑容。

「從你找到遊戲先生那一天開始，我保證柚幫在第C小隊轄區三年之內跟黑幫火拚的自由，以及五年後的三年內，柚幫在東京地區跟黑幫火拚的自由，這些時間應該足以讓柚幫擴張成關東地區最強、甚至是唯一的幫派，如果黑幫火拚不傷及無辜，我保證沒有一個柚幫的成員會被起訴。」金田一從容地說。

「這像是一個警察應該開出的條件嗎？」陰莖神瞪著金田一。

「對我來說，只要不傷害無辜的人，黑幫由誰當頭都是一樣的，但是遊戲先生傷害太多無辜的人命，要是不抓到他，東京就會被邪惡蠶食鯨吞了。」金田一沉著地說。

「你腦袋有病。」陰莖神細細道，又說：「而且，就算你能做到，我也不打算接受這種沒有正義精神的契約。」

「正義精神？你不是殺了三十四個無辜女人的魔王嗎？」赤川冷冷道。

「那些女人太過淫蕩，是罪有應得；流氓幹架殺人，如果被條子抓到也只有認了，這就是正義，天經地義。」陰莖神摸摸自己乾枯的頭髮，又說道：「不過，我倒是願意接受獵殺遊戲先生的挑戰，但是你們也應該接受我開出來的條件。」

「說來聽聽。」赤川看著陰莖神那條微微抽動的巨物。

陰莖神臉色一沉，雙眼墮入深不見底的黑暗，緩緩說道：「我要Hydra Smith的命。」

赤川不等金田一回答，淡淡地說：「莫名其妙，恕難從命。」

金田一卻露出深感興趣的表情，奇道：「柚幫想要殺一個人還不容易嗎？」

是啊！更何況是一個醫生！

「要交易嗎？」陰莖神的陰莖宛若有生命一樣，怒氣勃勃地在階梯上矯動。

「不要。」金田一堅定地說，手指急敲下巴。

「哼，你們不需要替我殺了他，你們只需要替我製造一個殺他的好機會。」陰莖神的手顫抖地抓著乾枯的頭髮，眼睛露出蠢蠢欲動的殺氣。

「什麼樣的機會？」金田一很好奇，手指停在下巴上。

柚幫，近一年來以強悍的暴力風格使關東黑道勢力重新洗牌，前兩個月甚至成功狙擊了關東第一大幫新鮮組總長近藤靜也，自此成爲關東最恐怖的新勢力，更在短短幾個月內大肆擴充組員，加上誇張的軍火，猶如一支躲在東京暗處的特種游擊隊。

這個連黑幫頭目都能順利擊殺的幫派，怎麼須要金田一跟赤川替他們製造暗殺Hydra醫生的機會？更何況，柚幫領袖幹嘛要殺一個手無寸鐵的醫生？

「我需要一個白天。」陰莖神銳利的眼神。

「嗯？」金田一聽著。

「我需要你們在白天時，將Hydra那畜生引到寬闊的地方，例如公園之類的，接下來會發生的事你們就不必多管了。」陰莖神緩緩站了起來，又說：「如果Hydra死了，你們可以得到額外的一百萬美金，絕不食言。」

「免了，雖然我不知道你幹嘛大費周章地想殺Dr. Hydra，但他是我們的朋友，我們不但不會同意，還會警告他有人想殺他，我看交易到此結束吧，金田一。」赤川慢慢地說，一邊觀察地下教堂三十多個大漢的動靜。

「嗯，以後有機會再聊。」金田一微笑示意，作勢要走。

「等等。」陰莖神舉起右手，大漢個個目露凶光。

赤川冷眼環視，雙手搭著腰際。

「你的雙槍對我沒用，不要逼我殺你。」陰莖神緊握雙拳，神情淒厲地說：「好，你們走，但得幫我傳個話給Hydra那賤種，就說『柚子要你的命，東京是你的墳場』。」

「這倒沒問題。」金田一說完，正想跟赤川爬上通往一樓的階梯時，陰莖神突然縱聲大笑：「等等！再幫我帶個東西給Hydra！」

「喔？」赤川警戒地雙手靠上腰際。

這時，陰莖神把細瘦的大腿張開，大聲說道：「崇陽儀式開始！」

金田一與赤川正感迷惘時，只見地下室內三十餘名大漢面露驚喜，紛紛跪倒，陰莖神點點頭，喝道：「今天不在大祭堂，破例在這裡提前舉行昇陽賞，大家高不高興！」

「高興！」三十多個大漢有的喜極而泣，有的興奮得牙齒打顫。

「拿刀！」陰莖神接過一名大漢捧上的匕首，喝道：「本週有功組員出列！」

十幾個狂喜的彪漢像小孩子一樣連滾帶爬地趴在階梯上，伸出雙手。

陰莖神大吼一聲，手上的匕首猛力往陰莖上一斬，鮮血的強大衝力將巨大的陰莖噴離陰莖神的下體，宛若一條被灑鹽的蝸蝓在階梯上瘋狂蠕動，這時，十幾個所謂的有功組員一擁而上，爭先恐後地抓住這條巨大陰莖張嘴就咬，血淋淋地撕咬陰莖神的賜禮，津津有味地吃著、吞著，看得其他的無功人員直嚥口水。

金田一大驚失色，而一旁的赤川早已吐了滿地。

奇怪的是，陰莖神揮刀自宮後，原本乾枯蒼老的臉上卻泛著紅光，多了些營養的血色。

不過金田一卻不想多研究這麼恐怖的現象。

沒有人會想的。

陰莖神拾起崇陽儀式中最神聖的祭品——龜頭——昂首拾階而下，將這團血肉交給金田一。

「拿給Hydra，後會有期。」陰莖神的眼神已陷入痛苦的回憶裡。

金田一將龜頭放在赤川的大衣口袋中，扶起狂吐不止的赤川，爬出血肉橫飛的地下祭堂。

□

銀座三丁目街頭，一個男人扶著另一個男人，在電線桿下狂吐。

「遜死了，中看不中用。」金田一一邊恥笑著赤川，一邊拍著他的背。

「答應我，不要再提這件事了。」赤川恨恨地說。

金田一搖搖頭，竊笑著：「別忘了我們還要替那一個大陰莖的傢伙傳話給Dr. Hydra，也要警告Dr. Hydra柚幫想殺他。」

赤川低著頭，扶著電線桿，紅著眼：「馬的，Dr. Hydra不知道哪裡惹到那個怪物，算他倒楣死定了。」

「的確很倒楣，明天去問問Dr. Hydra吧，順便幫他申請貼身保護。」金田一看著赤川因冷汗濕透的背。

「我送你回家吧，今天總算開了眼界，馬的！」赤川猛地挺起腰，打開車門。

金田一進了車，卻聽見車上的無線電大叫：「請求支援！請求支援！新鮮組跟柚幫在地鐵日比谷線和新力大樓的交叉路口火拚，請附近刑警支援！」

赤川和金田一對看了一眼。

金田一無奈地將剛回到身邊不久的配槍再次遞給赤川，不料赤川一拿到槍，卻一腳將金田一踹出車子，吼道：「你自己搭計程車回家吧！老子要去殺人洩恨了！」

「不要死啊。」

金田一跌了個狗吃屎，看著白色的TOYOTA揚長而去，喃喃自語著。

□

早上八點半，東京警視廳第C小隊辦公室。

金田一和紀香一邊聊天，一邊走進發臭的辦公室，只見赤川披著發黃的白大衣，趴在桌上睡覺。

「他都不回家的嗎？」紀香看著酣聲大作的赤川，赤川是愈來愈臭了，而且臭味相當接近廚餘。

「大概又熬夜打靶了。」金田一笑著，走到赤川旁邊，將赤川的椅子往後輕輕一拉，只見赤川不但沒有摔倒，反而順勢往後一躺，舒服地癱在附有底部滾輪的椅子上。

金田一並沒有叫醒酣睡中的赤川，卻推著椅子走出辦公室，任由赤川像嬰兒般賴在椅子上死睡，在眾人的側目下滑過早晨的走廊，來到Dr. Hydra的辦公室前。

金田一用腳尖敲敲門，聽到Dr. Hydra應聲後，便推開門進入Dr. Hydra簡潔的辦公室。Dr. Hydra穿著運動衫，正躺在地毯上做著仰臥起坐，揮汗間點頭向金田一與死睡的赤川微笑示意。

金田一把門帶上，笑說：「醫生現在有空嗎？我想請問你有關柚幫的事。」

Dr. Hydra一邊繼續運動，一邊笑著回答：「一個遊戲先生都搞不定了，你們還有空理會黑幫的紛爭啊？有什麼我可以幫忙的嗎？」

金田一苦笑著，說：『我們昨晚跟柚幫老大有過一面之緣，他要我們把這個東西交給你，還奉上『柚子要你的命，東京是你的墳場』這句話，我想待會就替你申請兩個貼身警力保護！也勸醫生你沒事儘量不要外出，以免發生危險。」

金田一一邊說著，一邊拿出預藏的筷子，將放在赤川大衣口袋裡的龜頭夾起，放在另一手準備好的衛生紙上。

令人意外地，Dr. Hydra並沒有吃驚或害怕的神色，也不見任何特殊的表情變化。

Dr. Hydra只顧著繼續他的運動，臉色平和富有朝氣，相當有禮地說：「謝謝，我自己會小心的，不需要多派警力保護我，心領了。」

金田一並不是一個婆婆媽媽的人，所以他並沒有堅持Dr. Hydra一定要接受保護。

但是，金田一卻是一個霹靂好奇的人，他非常想知道Dr. Hydra與柚子之間的恩怨。

正當金田一想開口詢問Dr. Hydra時，Dr. Hydra卻自己提起：「還記得去年發生的事嗎？有一群台灣的大學生，在媒體上指控我在台灣參加學術研討會的期間，涉嫌非法催眠他們，使他們的陰莖變長……唉，眞是百口莫辯，我對催眠方面只有做過學術文獻上的探討，自己卻沒有進行過這種實驗，更別提催眠會使人的器官產生這麼畸形的突變了。」

金田一搔搔頭。說：「我當時也覺得這是無稽之談，學術界也相當支持你，所以對你的指控很快就平息了，但我昨天見到柚幫領袖長約五、六公尺的巨大陰莖後，不由得毛骨悚然……相信我，那是個很難忘記的恐怖景象。」

「我跟柚幫領袖，也就是那句傳話中提到的『柚子』，的確在台灣有過一次面對面的診療，但是他後來的奇異遭遇，我聽聞後也感到相當訝異，實在是成了替罪羔羊，要說是催眠，還不如說是生化武器外洩吧？新聞也說過台灣的軍方也介入該次調查。」Dr. Hydra雖然口氣委屈，但在說話時，卻是一臉的輕鬆愉快。

「就這樣？」金田一。

「就這樣，如果他想殺我洩恨，也只得由他，要是浪費警力在我身邊保護，也只是多添柚幫的槍下亡魂罷了，不是嗎？」Dr. Hydra。

這點金田一也想過，畢竟柚幫實力超強，手段凶殘，要殺掉Dr. Hydra只是時間上的問題罷了。

Dr. Hydra又說：「不必替我擔心，人難免一死，但如果還活著，就要有活著的樂趣不是嗎？躲躲藏藏的生活方式只會擾亂原本快樂的步調；你看，就算我知道過沒幾天就會被暗殺了，但我還是得將每天固定的五百下仰臥起坐做完，這才是我規律的快樂人生。」

金田一笑了笑，說：「也罷，但若眞需要幫忙，別忘了你就在全東京最安全的地方，這裡的警察都是你的朋友。」

Dr. Hydra點點頭，說：「謝謝，我的朋友。」

話一說完，Dr. Hydra仰身彈起，喘道：「剛剛好五百下！」又看了看金田一，說道：「我猜想，你去找過柚幫，尋求黑道網絡追查遊戲先生吧？」

金田一點點頭，說：「對於找人，特別是找凶手，黑道的力量永遠比警力有用。」

Dr. Hydra搖搖頭，拿起毛巾擦汗，說：「但對於遊戲先生，尋找柚幫支援顯然是無效的。」

金田一不解：「何以見得？是因爲遊戲先生很可能沒有前科嗎？」

「遊戲先生比柚幫更危險……事實上，他比任何一個組織都要危險，柚幫若是眞找到他，也只是白白把命送掉。」Dr. Hydra嘆道，看著書櫃上自己所著的犯罪心理叢書。

「也許吧，但我昨晚已經想到獵殺遊戲先生的絕佳方法了。」金田一微笑道。

「喔？說來聽聽！」Dr. Hydra打開咖啡豆罐，一臉歉然：「抱歉，我這裡只有茶跟咖啡。」

「過一、兩天你就會知道了，目前這可是最高機密。」金田一笑著說：「我要走了，這一頭死豬可否託你看管幾個小時，他大概到今天早上才睡著，所以……」

Dr. Hydra看著口水直滴在地毯上的赤川，發噱道：「沒問題，但他不是小隊長嗎？把他藏在我這裡，不怕長官找不到他時大發脾氣？」

金田一聳聳肩，打開門，說道：「我會幫他頂著，誰教他已經四天沒回家好好睡覺了。」

Dr. Hydra打開房間內的空調，笑道：「難怪我總覺得有股臭酸的味道。」

金田一鞠躬道：「失禮了。」便退出了房門。

□

今天，跟昨天一樣，沒有任何公寓慘案。

金田一和渡邊、三井幾個人處理了幾件正在上訴的刑案證物照片，直到下午兩點半才看見赤川精神飽滿地走進辦公室。

當然，一股酸臭味也隨著赤川流進了辦公室。

赤川打開桌上的報紙，裡面仍有大篇幅社論與讀者投書不斷地怒斥警方無能、狂批治安敗壞。

金田一拿著赤川的個人檔案，朗誦道：「赤川英吉，擊斃毒販三十二名、持槍搶匪十七名、武裝拒捕黑道二十八名、綁匪十三名、縱火現行犯三名、前赤東恐怖份子十九名、連續殺人犯八名。嘖嘖嘖嘖，要不是你重大違紀二十八次，你早就升大官了。」

赤川隨意應道：「除了突發狀況，裡面所有的線索都是你發現的，我只是負責開槍罷了。」

金田一看著赤川，問：「請問這位警界英雄，如果你跟遊戲先生單挑的話，你有幾成把握會贏？」

赤川頭也不抬，說道：「如果你說的勝敗就是生死的意思，那麼，他輸定了。」

金田一滿意地點點頭，說道：「很好，跟我想的一模一樣，你今天務必回家洗個澡，梳理一番，我已經安排媒體明天中午採訪你，不要漏氣了。」

赤川奇道：「採訪我？有什麼好採訪的？」

雖然嘴上是這麼說，但赤川粗線條的臉上已掩藏不住小孩子般的興奮。

「我要安排你上媒體向遊戲先生宣戰，依照我的判斷，那個喜歡挑戰公權力的遊戲先生，一定會接受這項有趣的挑戰，總之，詳情等到明天早上我再跟你說，你只要用你一貫的發飆語氣，照著我給你的台詞唸給媒體聽就行了！」金田一的眼睛閃耀著得意的光芒。

赤川大爲興奮，說道：「我是主角？」

金田一點點頭：「你是主角。」

赤川哈哈大笑，拿起紀香桌上的鏡子看著自己，說道：「看來我的鬍碴應該修一修了。」

紀香沒好氣地看著赤川：「澡也順便洗一洗。」

織田嘆道：「請你一次洗四天的份。」

赤川樂道：「知道知道，我還會換一件稱頭的大衣。」

一向不多話的三井也說道：「今天沒什麼事，請你不要再加班折磨我們的嗅覺，下班後就直接回家洗澡吧。」

赤川雙手作雙槍狀，笑喝道：「老子現在可是紅牌神探，跟我說話要客氣點！」

金田一雙手一攤，也笑道：「標題我都想好了：『英雄警探受到死者託付，向懦弱低能的遊戲先生撂下輕蔑的戰帖』。」

赤川狂點頭，大叫：「照啊！老子正是正義的化身！這下子我的名聲一定能轟動日本，直達天國哥哥的耳朵裡！」

按下enter鍵，婷玉盯著滿是日文的電腦畫面，合掌祈禱。

奇蹟似地，電腦螢幕立刻顯示使用者收到來信，婷玉驚奇地打開。

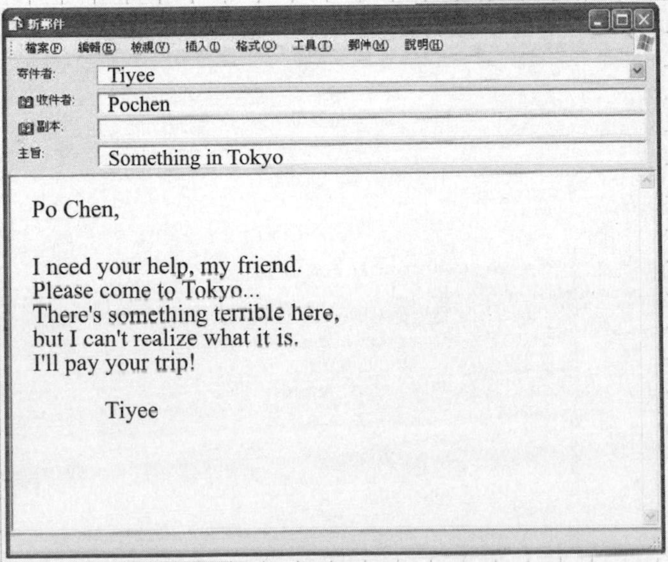

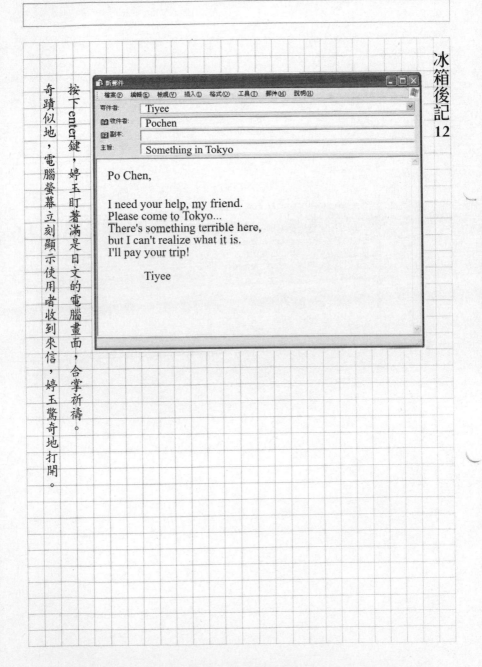

收件者: Pochen

I need your help, my friend.
Please come to Tokyo...
There's something terrible here,
but I can't realize what it is.
I'll pay your trip!

婷玉激動落淚。

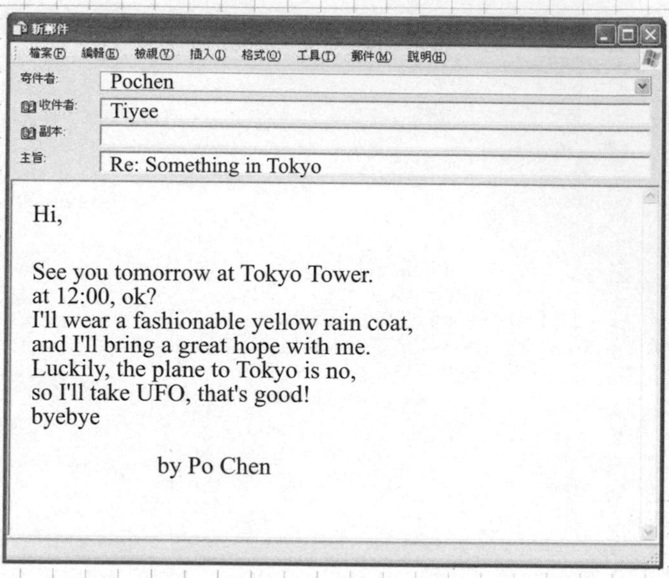

新郵件

檔案(F) 編輯(E) 檢視(V) 插入(I) 格式(O) 工具(T) 郵件(M) 說明(H)

寄件者: Pochen

收件者: Tiyee

副本:

主旨: Re: Something in Tokyo

Hi,

See you tomorrow at Tokyo Tower.
at 12:00, ok?
I'll wear a fashionable yellow rain coat,
and I'll bring a great hope with me.
Luckily, the plane to Tokyo is no,
so I'll take UFO, that's good!
byebye

by Po Chen

13 廚師的專屬遊戲

「今天該玩什麼遊戲呢？嘻嘻……」

新宿夢海高級公寓。

一棟很高級，卻也很倒楣的公寓。因爲再高級也沒用，即將變成鬼屋的房子是賣不出去的。

十三樓，一層擁有不祥數字的樓層，住了三戶不信邪的人家。

但，在以下的小故事大道理中，將告訴我們做人要信邪。

□

八點。

13A，男主人是大名鼎鼎的日本料理師傅關口將泰，正坐在沙發上看村上春樹的舊小說；而正在慢跑機上跑步的女主人，則是將泰美麗的未婚妻，銀座伸展台的泳裝模特兒，松島美

NHK
ニュース
♪

雪，明亮的大眼正看著NHK新聞追蹤報導。

「叮咚！」

將泰是個大男人主義者，所以，他只是盯著在慢跑機上奔馳的美雪。

美雪噘著嘴，不情願地走下慢跑機，披上粉紅色的KITTY毛巾，走到門邊。

「請問你找誰？」美雪從門孔中看見對方是一個高大挺拔的男人。

男人一身白色大衣，手上推了一部載滿食品外送盒的推車，身邊還有一個黑色大塑膠袋。

「你好，我是附近新開店的拉麵師傅，因爲敝人嘗試的新拉麵融合了義大利獨特的田野風味，所以想在後天開幕前，先請附近的民眾試吃看看，完全免費，只要您在試吃完後將問卷寄到這個地址就可以了，敝人保證這種新產品比傳統拉麵更好吃。」男人彬彬有禮地說。

「請你等一下。」美雪看著坐在沙發上的將泰。

將泰不屑地說：「融合義大利風味的新拉麵？過時的東西也配我吃？」

美雪似笑非笑地說：「人家做的搞不好比你做的還好吃哩。」

將泰臉一沉，怪聲道：「拿兩盤進來，我倒要看看他的手段。」

美雪嘻嘻一笑，將門打開。

只見高大的男人一手拖著黑色塑膠袋，一手推著外賣手推車，居然大剌剌地邁入屋內。

「你……你怎麼？」美雪嚇了一跳，眞覺此人太過無禮。

將泰一臉不悅，說道：「留下問卷跟兩碗拉麵就行了。」

那男人不語，只是俐落地將門反鎖，指了指電視上的新聞畫面，再指了指自己腰際上的閃亮雙槍。

電視上NHK特別追蹤報導的，正是由神祕凶徒，遊戲先生，所犯下的公寓連環虐殺案。

「你好，我就是被媒體抹黑過頭的遊戲先生，只要叫我Mr. Game就行了，其實我只是比較貪玩，比較有原則罷了。」Mr. Game深深鞠了個躬，露出溫暖無比的微笑。

美雪腦門頓時一陣暈眩。將泰全身毛孔一張，渾身發燙。

Yes, the game is Coming.

「關口將泰，今天的遊戲是專為你量身訂做的，開不開心？」Mr. Game微笑走上前，宛若慈父般地摸著將泰發抖的腦袋。

發抖的腦袋，搖亂了將泰腦子裡所有的思緒。

「遊戲即將開始，最基本的規則是，對我的問題必須快點回答，知道嗎？」Mr. Game笑嘻嘻地從大衣的口袋裡，拿出一只指甲剪。

將泰顫抖的嘴唇早已蒼白，但仍迅速擠出幾個字：「開……開……心……」

Mr. Game搖搖頭，說：「太遲了喔，什麼叫遊戲？沒有規則就不算遊戲！」說完，Mr. Game手中的指甲剪刃，已溫柔地含住將泰飽滿的耳垂。

「不……請不要……請不要這麼做……」將泰張大嘴，縮起五官說道。

「啦啦啦！」Mr. Game手中的指甲剪慢條斯理地壓下，再猛地一撕！

出乎意料的，將泰並沒有痛到打滾，甚至，將泰連吭都沒吭一聲，只是看著地上的耳垂發呆。

將泰絕不是個勇敢的男人，相反的，他連在Mr. Game面前慘叫的勇氣都沒有。

他害怕，怕死了。

他害怕自己的慘叫會引起Mr. Game的殺人衝動。

也害怕自己任何的掙扎舉措，會妨害Mr. Game遊戲的興致。

於是，將泰決心當個模範受虐者，一個溫順合作、乞求饒恕的合作角色。

「很好，你是我看過最乖的遊戲者了，如果繼續保持你的態度，相信你一定可以贏得遊戲，贏得嶄新的人生！」Mr. Game嘉許地看著充滿感激眼神的將泰。

一旁滿身大汗的美雪看到如此懦弱的未婚夫，也沒心神怨忿什麼，事實上，美雪根本無法思考任何事情，她只希望事情趕快過去。

此時，黑色的大塑膠袋慢慢蠕動著，好像還發出微微的聲響。

Mr. Game向美雪笑著：「親愛的，請爲我打開塑膠袋好嗎？妳只有十五秒保護妳美麗的嘴唇。」

美雪一驚，立刻蹲下來又撕又咬，急忙將黑塑膠袋扯破。

不出所料，塑膠袋裡裝了一個人。

一個滿臉驚恐的孕婦。

「富山太太！」美雪雙手摀著嘴，驚訝地看著這位倒楣的鄰居。

Mr. Game感嘆地說：「丈夫丟下懷孕的妻子加班，眞是罪過！」

富山太太抱著懷胎九月的大肚子，跪著哭喊：「請放過我可憐的孩子！積積陰德吧！求求你！保險箱的號碼是FF356WQ，裡面大概有……」

Mr. Game皺著眉頭，看著美雪說：「好吵。親愛的，妳可以幫我挖挖富山太太的耳屎嗎？一分鐘。」

美雪慌慌張張地從抽屜裡拿出耳挖子，跪坐在富山太太身旁，說：「請不要亂動，一下子……一下子就好了。」

富山太太擦了擦眼淚，任由美雪慢慢地將耳朵掏乾淨。

Mr. Game看著美雪努力鎭定下來，以免顫抖的手會弄傷富山太太的耳朵，不禁露出滿意的微笑：「乾淨了嗎？」

「快……快了……」美雪緊抿下唇道。

此時，將泰喝道：「快一點！這點小事都弄得這麼久！不要浪費人家寶貴的時間！」

Mr. Game大笑道：「說得很好啊！這才是男主人的風範啊！」

大笑間，Mr. Game一抬腿，猛力往美雪握住耳挖子的手上一踢，美雪一聲尖叫，卻將耳挖子深深刺進富山太太的耳朵裡，美雪往後驚摔，看著富山太太雙眼翻白倒下，發出有如厲鬼的哭號。

耳挖子妖異地插在富山太太的耳朵裡，毫不留情刺進人體最痛苦的地帶之一。

顧不得腹中的寶貝孩子，富山太太十指成爪，拚命地撕摳著自己的臉，雙腳狂踢不已，整個人側身在高貴的地毯上激烈抽搐，嘴中亂叫著：「拔掉！拔掉！拔掉！」

Mr. Game看了看他的新夥伴，將泰，笑說道：「你說呢？」

將泰臉一紅，舉起腳用力往富山太太的耳朵上一踹，將耳挖子直踹入腦，說道：「這種亂叫怪叫的女人最討厭了，十足的魔鬼！十足的不潔！」

富山太太雙眼一瞠，雙腳一伸，全身只剩軟弱無力的間歇性抖動。

方才將泰的腦中湧入數十片跟連續殺人犯有關的電影，裡面時常提及「十誡」、「七大罪」、「審判」、「原罪」等基督救贖式的宗教殺人狂，於是將泰決定站在凶手瘋狂的基本教義立場思考，希望Mr. Game能饒過自己這個忠實的戰友。

「常看電影？」Mr. Game臉上掛著古怪的笑容，看著滿臉通紅的將泰。

將泰點點頭，又說：「這世界上罪惡太多，要靠嚴厲的手段才能……才能……才能那個……」

Mr. Game噗嗤一笑，說道：「你看過『人魔』這部電影嗎？」

將泰點頭如搗蒜，忙道：「看過、看過！」一面趕緊回憶這部電影中有何啓示或特殊之處。

「你是個好廚師嘛，要不要試試生開自己腦殼，活吃自己腦葉的終極料理？」Mr. Game笑咪咪地看著面如土色的將泰。

一旁的美雪看了看要死不活的富山太太，又看了看五官扭曲的將泰，憤恨地說：「叫他吃！叫他吃自己的豬腦袋！真沒想到你是這麼狠心的人！」

將泰「哇」一聲哭了出來，趕緊跪在地上猛磕頭，一邊忍住撒尿的衝動，一邊哀求道：「我願意拿老虎鉗拔掉自己跟內人的牙齒，也願意拔掉自己跟內人的指甲，只求你饒過我、饒過我……」

Mr. Game輕輕笑道：「玩過的遊戲怎麼可以重複？再說，每個人的人生都不一樣，別人的人生怎麼可以強加在你的身上呢？廚師就要有廚師的人生，就要有廚師的專屬遊戲玩法。」

「那我煮內人的腦袋給您吃如何？拜託拜託！我自己開自己的腦袋會……會煮得不好吃，會痛啊！求求你、求求你！」將泰發瘋似地哀求，一邊磕頭，一邊看著地毯上血淋淋的耳垂。

美雪的憤怒已經壓倒心中的恐懼，齜牙咧嘴地看著眼前這個沒有人格的負心漢。

Mr. Game溫柔地踩著將泰的頭，笑道：「其實我才不願意抄襲電影裡的橋段呢，請兩位放心，剛剛只是開個玩笑，我早已為兩位精心準備一個愛情遊戲，希望你們能在這次的遊戲中學習到愛情的眞諦，以及相互扶持的重要，在接下來的兩小時內好好體驗遊戲的快樂。」

將泰眼中閃耀著感激的淚水，忙道：「我們一定會好好玩遊戲的，是不是？美雪？」

美雪憤怒地看著將泰，氣得說不出話來。

「很好，現在宣布遊戲規則，Let's play the game！」Mr. Game優雅地說。

十三樓的夜晚，現在才要開始。

下次，請挑個吉利的號碼。

Mr. Game從外賣手推車底下，拿出一捲錄影帶。

「規則一，闞口將泰，你必須打敗錄影帶裡的主角，在規定時間內吃掉更多的拉麵，否則，你就會死，來，問我『怎麼死』？」Mr. Game笑道。

將泰看了外賣車上二十多個拉麵外送盒，雙腳發軟，問道：「怎……怎……怎麼死？」

「祕密。」Mr. Game大笑道，享受著將泰的恐懼。

美雪沒有一絲喜悅，只是靜靜地等著Mr. Game爲她設定的殘酷規則。

Mr. Game摸了摸美雪飄逸的長髮，溫柔地說：「美人，拿去。」

美雪接過Mr. Game遞來的針線包，心中疑惑。

「規則二，親愛的，妳必須在規定時間內用針線縫住妳的眼睛、嘴巴、耳朵、還有一個鼻孔，還有，縫住妳那濕透的小穴。」Mr. Game在美雪的耳邊低語。

美雪心中一震，卻立刻面無懼色地說：「那你現在就殺了我吧！」

任何一個不怕死的人，都不能小覷。

Mr. Game樂得大笑：「別急別急，先聽完規則三吧！這才是遊戲的精髓所在！如果將泰在規定時間內比美雪早一步達成任務，那麼將泰就可以活下來，享受美雪賜予的人生，反之亦然，美雪可以活下來，但將泰就必須貢獻自己剩餘的人生！」

美雪看了看面目可憎的將泰，雖想置這個敗類於死地，但若要自己付上「縫合全身」的代價，卻也太過恐怖與難挨。

將泰渾身發抖地看著美雪，投以祈求的眼神。

「算了，我的人生就到此為止吧。」美雪心想。

美雪閉上眼睛，緩緩地說：「開槍吧。」

Mr. Game搖搖頭，頗有慍色，說道：「看來妳還不懂我玩遊戲的決心。妳想死？想用死來破壞我精心設計的遊戲？有趣，我就讓妳看看死亡的祕密。」

說完，Mr. Game從白大衣的口袋中掏出一只金色魚鉤，蹲在了無生機的富山太太旁，剝掉她的內褲，將魚鉤刺入富山太太緊縮的肛門內。

「嚴格說起來，富山太太已經是半個植物人了，但我要告訴你們一個小祕密，喚醒植物人的良方不是乾巴巴的等待與祈禱，而是極大的痛苦！」Mr. Game又說：「例如這個。」

Mr. Game手慢慢地牽著釣魚線，將魚鉤緩緩、但有力地拉出富山太太的肛門，此時富山太太有如迴光返照，張口竭力尖叫，身體胡亂在地毯上跌跌撞撞，Mr. Game不予理會，只是慢慢地抽出釣魚線上的魚鉤，從肛門拖出一條深褐色、血淋淋的直腸。

隨著腸子從肛門口被抽出，富山太太愈是狂亂地往前亂爬，而她愈往前爬，腸子也就愈抽愈長，她的表情就愈是哀絕，然而尖叫聲，卻愈來愈低微，愈來愈低微……

短短的一分鐘內，Mr. Game甩著新鮮的直腸，發出中人欲嘔的腥味，而魚鉤，依然繼續抽出綿綿不絕的腸子，像是變魔術般，從魔術帽裡抽出永無止盡的綵帶。

美雪幾乎暈倒。

將泰早已扶著牆壁嘔吐。

「妳還想死嗎？」Mr. Game得意地看著搖搖欲墜的美雪。

美雪沒有回答，但答案已經很明顯了。

美雪的雙手已默默打開針線包。

「聰明，抽腸是中國古代的刑罰，聽說以前的刑官是將鉤子上的繩子繫在快馬身上，快馬一跑，犯人的腸子就唏哩呼嚕地被抽個一乾二淨，雖然爽快，可還不夠痛苦，慢慢抽呀抽的才有味道……對了，被抽腸的人聽說還可以活一個多小時才會慢慢死去，不知道是不是真的？我們一起計時吧！」Mr. Game看了看錶，又說：「時間差不多了，八點二十三分，從現在起一個小時內，就是你們愛情魔力的表現時刻。」

Mr. Game將錄影帶放入錄影機中，按下play鍵，畫面出現「電視冠軍」的「拉麵大胃王」

比賽，將泰臉都綠了。

「這次比賽的冠軍，在一小時內吃下十八碗拉麵，你要打破紀錄才能活下來，讓美雪表演美女抽腸，加油！」Mr. Game鼓舞著將泰。

「如果美雪在將泰打破紀錄前縫合完畢，那麼美雪就可以享受將泰用抽腸換來的人生。」Mr. Game嘻嘻一笑。

將泰看到美雪拿起針線包，對著鏡子，果決地將針穿線刺進耳朵裡，趕緊打開第一個拉麵盒。

「完了！」

那一瞬間，將泰彷彿看見，不！彷彿聞見自己慘敗的味道。

沒有蒸蒸熱氣，沒有誘人的視覺，沒有一絲美味的痕跡。

浮著黑色的湯油、臭掉的蛋腥味、糊掉的麵團……餿掉的一切。

「美味大師，這是我特地從熊本桂花拉麵名店，外面的餿水桶中爲你拼湊的超感官料理，希望你喜歡。」Mr. Game看著將泰餿掉的眼神。

「Play play play！遊戲開始！」Mr. Game高舉雙手，興奮地大叫。

冰箱後記13

中午，東京鐵塔下。艷陽高照，婷玉拿了把陽傘，東張西望。

「嘿！我勃起啦！」一個戴草帽，身穿黃色雨衣的怪異男孩……正站在垃圾桶上大叫。

「謝謝你。」婷玉感激地看著勃起。

「聽說東京現在很亂？死了好多人？」勃起口無遮攔。

勃起站在垃圾桶上，故意壓低帽緣，低著頭，自以爲很帥。

「嗯，但我……」婷玉。

「需要英雄？」勃起。

「嗯，但更需要朋友。」婷玉燦爛地笑了。

「我說過，我將帶來無比的希望。」勃起雙眼發亮。

「我知道。」婷玉看著垃圾桶上的男孩，微笑著。

「是眞的希望！」勃起興奮地又說：「有他在，簡直天下無敵！希望無窮！」

「啊？誰？」婷玉茫然不解。

「我。」熙攘人群裡，一個獨臂人。

一個擁有無雙笑容、鼻尖停著一隻米色蝴蝶的獨臂人。

14 沸騰的東京

子夜十二點十七分。

新宿夢海高級公寓的庭園停車場，衝來了三輛救護車與八台警車。

「隊長！樓上的情況很糟！除了打電話報警的富山先生以外，其他住戶都快沒有生命跡象了！」一名強忍著嘔吐衝動的警員大喊。

一名老態龍鍾的警官抽著菸，一臉倦容：「知道了。」

老警官瞇著眼，嘆了口濁氣，慢慢進入大樓電梯。

十三樓。

電梯門開了，只見醫護人員抬著擔架喊道：「借過！借過！讓一讓路！患者生命垂危呀！」

老警官瞥了擔架上的傷者一眼，不由得大吃一驚：「工藤新衣？」

其他的警員也吃了一驚，趕緊讓出電梯，讓醫護人員將這位新任警視廳刑總隊長送進電梯裡。

這位上任不到三天的長官，身上少說有一百條刀傷，血幾乎流乾了，但他的眼睛居然還微微眨眼。

「怎麼會這樣？難道……」老警官來不及細想，便衝入臭氣沖天的現場。

一個男人倒在一堆空空的外送盒旁，肚子脹了老大，一條好長的血腸從肛門口被拉出，握在一名樣貌詭異淒慘的女子手上。

女子滿臉細細的小血滴，眼皮、耳朵、朱唇，還有一個鼻孔，都被針線綿密地穿過縫合，雙腿緊縮，從陰部流出一縷血痕，活脫是一具剛出爐的新鮮木乃伊。

而富山先生跪在一個中年孕婦的身旁哭天搶地，那一名孕婦屁股上也拖了一條乾涸的腸子，大字型地倒在地上。

好慘。

當了這麼多年的警探，這樣的血案現場還眞罕有。

「打電話……」老警官用力地捏著自己的老臉皮。

「是？」一旁雙腿發軟的警員應聲道，拿著手機打顫。

「打電話給虎豹小霸王、第D小隊的潤餅，就說……就說遊戲先生又出現了。」老警官撢熄手中的菸，又說：「順便幫我接警視廳，我想總隊長又要換人了。」

□

子夜十二點四十分。

來不及換上西裝的金田一，只穿了件T-shirt，抓了根黃瓜就搭計程車火速趕到現場，而潤餅已經滿臉哀愁地站在十三樓檢視現場了。

「赤川呢？」金田一忙問：「打給他了沒？」

「打了五次才接通，他人已經在路上了。」潤餅苦著一張臉，說：「看到樓下的記者了吧？這次消息走得很快，怎麼辦？我們根本什麼線索都沒有，署長那邊壓力也很大。」

「一點線索也沒？哇，別告訴我大樓的監看錄影帶又？」金田一小心翼翼地穿過黃布條，走進令人倒胃的現場。

「好死不死，又被換頻了，這次四個大樓管理員全睡著了，睡到十點才被遊戲先生設定好的鬧鐘叫醒。」潤餅拿著幾捲錄影帶，悶悶說：「想看重播的七龍珠嗎？塞魯對悟飯的部分，拿去。」

「鬧鐘？遊戲先生設定好了鬧鐘？」金田一頗感訝異。

潤餅慍怒道：「他大概真如你所說的，用吹針一類的東西麻醉了管理員，然後遊戲先生修改監視器的迴路，再精準地計算好犯案的時間，設下鬧鐘在自己從容脫身後吵醒那幾個白癡。七龍珠是從八點開始被轉錄的，所以初步推算遊戲先生犯案的時間大約是八點到十點。」

潤餅身旁的紀錄員插嘴道：「不過目前沒發現管理員身上有箭傷，而且上次管理員的尿裡也沒有藥物反應就是了。」

「大概是很細的小吹針，或是迷魂香之類的吧？」最早到的老警官緩緩走進。

「老師，好久不見，沒想到竟是在這種情況下……」潤餅恭敬地向老警官鞠躬問好。

老警官搖搖手，嘆道：「年輕人，好好加油，不要讓這個變態繼續逍遙法外。」

金田一深深向這個老前輩鞠躬示意後，掃視了現場，頭皮一陣陣發麻，喃喃說：「沒錯，肯定是遊戲先生幹的好事，等等，今晚是不是有警官也住在十三樓？」

「沒錯，這已經是第三次了，我想這是遊戲先生的犯罪風格。」潤餅看著金田一含著黃瓜，蹲在木乃伊女人的身旁觀看，眞覺此人相當不可思議。

「我猜是工藤新衣。」金田一淡淡地說，視線沒有離開過木乃伊女人。

潤餅感到吃驚，追問：「是啊，你怎麼知道？」

金田一戴上乳膠手套，小心翼翼地扳開女人握緊血腸的雙手，應道：「因爲大家都很討厭工藤新衣。」

「你是說？等等……」潤餅恍然大悟，說道：「藤井樹、大山久信、工藤新衣！對啊！這三個人可以說是我們警視廳裡前三名的混蛋！」

「遊戲先生似乎很熟悉我們警方內部的人際資訊，我認爲，這是他向我們展示他擁有的資源的舉動，於是便夥同那個使刀的朋友一起犯案，所以每次犯案都會幹掉一個人緣奇差的警官。」金田一一邊啃著黃瓜，一邊審視著女人的手指。

「你還是認爲公寓連續殺人案不是一個人幹的？」潤餅狐疑道。

「要不然就是遊戲先生擁有多重人格，因爲這幾個家庭謀殺案跟殺警案的手法截然不同，凶手的思考邏輯非常不對稱，一邊是極致單純的屠殺，一邊是玩弄死者心智的凌遲。」金田一轉過頭來，招呼潤餅一起蹲下。

「你看看這個女人的手指。」金田一指了指，潤餅仔細地觀察女人蒼白的手指。

「女人的手指上大約有十六個針傷，還有深陷指肉的細條痕跡，表示這女人臨死前不久用力地拿著針一段時間，我猜想，她是被遊戲先生用某種方法逼得自己拿針拿線，把眼耳口鼻……和陰部都縫住了。」金田一站起來，走到湯汁淋漓的男子屍身旁，看著男子鼓脹的大肚子，又說：「這個男子肚子裡臭酸的東西，不會是自己願意吃的吧？應該是遊戲先生拿著槍、或是用什麼變態手段逼迫他吃掉這麼多臭掉的東西吧？再推到之前兩個案子也是如此，遊戲先生總是喜歡逼迫受害者自我虐待或互相殘害，但他可不曾用這樣的方式殺害警官。」

潤餅點點頭，喚了清點證物的警員，說：「放一下剛剛那捲錄影帶。」

那警員將一捲錄影帶放進屋裡的錄影機，畫面出現「電視冠軍」節目的「拉麵大胃王」的比賽錄影帶。

「你應該猜對了；遊戲先生大概逼迫關口將泰跟電視節目裡的參賽者比賽吃拉麵吧？不過他似乎惡整了關口先生，竟弄來這麼多餿掉的東西。」潤餅削瘦的臉龐露出噁心的表情。

金田一拖著下巴，含著只剩一小塊的黃瓜，心想：「不知道赤川這次有沒有夢到什麼？」

正想到赤川，便見到一名蓬頭垢面、衣著凌亂、渾身臭氣的大漢靠在門邊喘氣。

「你不是六點就回家了嗎？怎麼這麼不愛洗澡？連衣服都不換？」金田一皺著眉頭。

2

赤川臉色發紫，眼皮直跳，突然跪倒在門邊。

金田一跟潤餅大感奇怪，立即扶住了雙腿虛浮的赤川。

赤川痛苦地睜開眼，滿臉冷汗道：「我夢到了！這次感覺好強烈！好可怕！感覺清晰到……不用到現場才回想起來！我幾乎是一邊嘔吐一邊趕過來的……」

潤餅疑道：「夢？噩夢？」

金田一看著赤川紫脹的臉孔，向潤餅說道：「之前我們不敢聲張，但赤川的確夢見前兩個公寓慘案的案發過程，甚至，還夢見過新幹線獵殺案和公路槍擊案的過程。」

潤餅驚道：「凶手是誰？長什麼樣子？」

赤川搖搖頭，喘著氣道：「看不清楚……那變態的臉好像蒙上一層白霧，只知道他很高大，大概跟我和金田一差不多高吧。」

潤餅搔搔頭，半信半疑道：「真的？那你說說看，你這次看到了什麼？」說著，潤餅把身子移到赤川面前，擋住現場的一切。

赤川閉上眼睛，連珠炮地說道：「男死者是名廚關口將泰，被強迫跟電視裡的大胃王比賽吃拉麵，結果不但快撐死了，還被女死者用魚鉤從肛門裡拖出腸子死亡；女死者有兩個，孕婦姓富山，耳朵先被插入耳挖子，再被遊戲先生抽腸而死，至於另一個女死者，美雪，因為害怕被抽腸，所以拿針線把自己的五官跟陰部都縫了起來，但最後還是因為承受不住驚嚇，心臟麻痺死掉。」

潤餅大吃一驚，看著金田一，說道：「太可怕了！」

赤川搖搖頭，睜開眼睛：「我被托夢不可怕，但夢境太眞實、太駭人，這才是可怕！」

這時，潤餅突然想到了些什麼，奇道：「等等，那個把自己縫起來的女人，不叫美雪啊！」

赤川皺著眉，說道：「我確定是的！」

潤餅搖搖頭，說：「那女人的皮包裡有證件，她叫幕下芳子啊！」

金田一苦笑道：「不知爲什麼，赤川的夢境總會跟現實有所出入，但大抵上都是相符的。」

赤川看著驚疑不定的潤餅，說：「去問問，那個叫關口將泰的，是不是有一個叫美雪的未婚妻還是女朋友？」

潤餅點點頭，立刻吩咐屬下去調查。

金田一看著狼狽不堪的赤川，問道：「你整個晚上都跑哪去了？愈來愈髒了！去哪喝酒啦？不，你身上根本就沒有酒氣啊！」

赤川眼中陷入迷惘，喃喃低語：「我不知道，送你到夢海道迴轉壽司去跟小喵吃晚飯後，我就一個人開車……開著開著，居然就這麼樣糊裡糊塗地睡著了。」

潤餅跟金田一不語，等待赤川把話說完。

赤川眼神空洞無力，又說：「後來我夢見這個噩夢後，就嘔出晚餐醒來了，才發現自己正坐在伊勢丹百貨門口外，不久後就接到這邊的電話……」

金田一強忍著手指神經末梢傳來的警告，瞪大眼睛說：「獅子，我知道你在想什麼，但你絕不是殺人凶手。」

赤川血紅著眼，說：「爲什麼？」

「要是你眞有殺人傾向的雙重性格，告訴我，你最想幹掉誰!?」金田一。

赤川想都不想，衝口說出：「那個沒人性的！」

金田一點點頭，勉力笑道：「那就對了，既然他還在監獄裡活得好好的，就表示你不是遊戲先生。」

赤川大受鼓勵，心想：「雖然連續三次公寓慘案發生時，老子都莫名其妙地睡得一塌糊塗，又夢到一次比一次鮮明的犯案過程，但老子絕沒有電影裡瞎掰出來的多重人格！更不會那麼殘忍！」

金田一看見赤川額頭上盡是斗大的汗珠，於是拍拍赤川油油的亂髮，說：「回家睡吧！反正你只會開槍，這裡有潤餅跟我，等一下警視廳還會派自衛隊的特別編制小組來，夠了。」

赤川眼神突然燃起火焰，熊腰一挺，大聲說道：「照啊！老子只會開槍！但現在就是需要老子開槍的時候！兔子！你快擬一份演講稿給我，趁現在樓下都是記者，我要對遊戲先生撂下挑戰書！」

潤餅噗嗤一笑，說：「挑戰書？演電影啊？」

金田一眼鏡波光一閃，微笑道：「很好，我立刻教你，但另一方面，我也需要潤餅的幫忙。」

潤餅一驚，忙說：「我可不想再找柚幫了。」

金田一搖搖頭，神祕地說：「不必。」

赤川好奇地問：「是什麼妙計？」

金田一一拳輕輕揍向赤川的下巴，說道：「頭髮梳一梳，等記者會結束再告訴你們！」

□

凌晨一點四十三分，夢海高級公寓花園廣場。

一大群記者架起ＳＮＧ連線採訪器材，數十架攝影機或高或低地圍住一團臭氣。

臭氣的主人穿著泛黃的白大衣，梳著油亮亮的頭髮，留著刺蝟般的腮鬍，一雙虎目英氣勃勃，加上布滿血絲的眼白更是魄力十足。

「聽說您要對凶手遊戲先生提出嚴正的呼籲？」記者甲。

「沒錯。」赤川清清嗓子。

「聽說你曾槍殺超過一百名持有武器的匪徒？」記者乙。

「是的，這還不包括被我打成殘廢或重傷的歹徒。」赤川捏捏拳頭，骨頭格格發響。

「您在警界的外號是虎豹小霸王，請問那是什麼意思？」記者丙。

「我跟老搭檔金田一八〇是全東京，不，是全日本，甚至是全世界最強的正義組合，沒有任何匪徒能逃得過我倆的追捕，更別提反抗了，加上我們都很喜歡一首西洋老歌：Raindrops keep falling on my head，那是電影『虎豹小霸王』的主題曲，所以其他的同仁都這麼稱呼我們。」赤川簡單說明。

「請問赤川警探，你們剛剛發出的新聞稿中提到，受害者曾托夢給你，請問詳細的情形是怎麼回事？」記者丁。

「我，赤川英吉，這三個月以來連續在案發當晚，夢到遊戲先生的犯案過程，包括獵殺新幹線、公路亂射，以及這三起公寓凌虐血案，我都在夢裡清清楚楚地看見邪惡囂張的肆虐。雖然我看不見遊戲先生的臉，但我已強烈感受到受害者發自內心、祈求正義的呼喚，身爲一個警探，身爲一個人，身爲一名受到消滅邪惡請託的正義化身，在這裡，我必須很輕蔑地向懦弱的遊戲先生說：『你是個沒有卵蛋的癟三，你所殺的全是手無寸鐵的市民，而本大爺的槍下亡魂，沒有一個在臨死前，不是手握凶器跟我拚命的！老子是邪惡暴力的終結者，而你只是一個普通的劊子手，只敢把槍對著無法抵抗的人的頭，操！』」赤川愈說愈是生氣，威風八面。

金田一微微摔倒，心想：「這笨蛋怎麼把講稿東加西減的!?」

赤川繼續大聲吼道：「你有種就來找本大爺單挑！老子住的地方相信你可以查得到，你犯賤想殺人時，就來找本大爺吧！我家不會有埋伏，只有兩把槍，但要幹破你的卵蛋已經很夠了！想看看自己的極限就來吧！我就是你的剋星！就算你拿衝鋒槍跟手榴彈來也是一樣啦！」

現場的媒體一陣譁然，興奮的閃光燈此起彼落，快門聲震耳欲聾，想發問的手有如小山。這可是一件娛樂性十足的頭條新聞啊！

「請問挑戰定在何時？」

「請問眞的不會有埋伏嗎？」

「請問警方是否贊成這次的行動？」

「請問赤川英雄你的勝算？」

赤川大感痛快，說道：「挑戰沒有期限，隨時歡迎他上門送死！老子殺過好幾個變態，但還沒殺過沒睪丸的敗類！」

金田一眼看赤川即將無節制地胡說八道，接下來大概會變成髒話教學了，於是走出來，摀住赤川的血盆大口，笑道：「警方對赤川的言詞沒有支持也沒有反對，因爲這純粹是赤川英吉的個人意見，也因此，警方絕不會派人埋伏支援赤川的決定，再說，遊戲先生根本殺不了這位警界英雄，支援只是耗費人力罷了！」

赤川滿意地點點頭，連說：「就是這樣！」

金田一繼續說道：「不過，我知道媒體將會很喜歡在赤川的住所附近架設攝影機偷拍，但是，請各位記者朋友、社會大眾諒解膽小的遊戲先生，因爲，如果遊戲先生看到有那麼多記者、攝影機潛伏在赤川的身旁，一定會嚇得落荒而逃，如此赤川就無法爲社會大眾除害了，也

會讓遊戲先生繼續尋找無辜的民眾下手，你們願意這樣嗎？」

此時現場的媒體一陣大騷動，但大家都被這樣的英雄氣概所感染，立刻有人大喊：「NHK不拍！全力支持赤川英雄幹掉凶手！」

另一名攝影師也大叫：「全日通不拍！全日通相信赤川！」

那一剎那，所有的媒體都瘋狂了，全都大喊棄拍，高呼：「我們相信赤川英雄！」「赤川老大！殺掉遊戲敗類後記得打電話通知我們去拍啊！」「對！我們只拍凶手被赤川射得亂七八糟的樣子！」「赤川英雄！東京的希望！」

赤川熱血沸騰，高大的身軀充滿無盡的爆發力，興奮地大吼：「遊戲！快來領教東京的正義之心吧！」

金田一推了推眼鏡，也沉醉在屬於赤川的驕傲裡。

□

在這個深夜裡，東京沸騰了。

正義的心沸騰了。

以高達百分之七十八的收視率沸騰了。

電視台的call in熱線擠滿上萬通對英雄的祝福，報社的傳眞機也快被上萬封豪語給操到燒掉，更別提連都連不上的網路了。

每個人都捨不得離開電視新聞不斷重播的畫面，聆聽那一段動人的宣言，興奮地歡迎新英雄的誕生。

也許，東京在這位英雄身上，重新找回了久違的希望。

□

電視機前傳來清脆的掌聲。

Dr. Hydra忍不住大笑了起來，說道：「金田一，你眞有趣！」

另一台電視前，也傳來沒有保留的掌聲。

陰莖神，柚子，擊掌大笑：「還好沒殺了這個髒鬼！眞是條好漢！眞是個有趣的人！」

冰箱後記14

「你好，我是婷玉，請問你是？」婷玉有禮貌地說。

「嗨，我是勃起的師父，這是我的名片。」獨臂人笑笑，遞給婷玉一張綠色卡片。

【柯宇恆，現任上帝。】

婷玉想起勃起當初遞給她的名片，不禁笑了出來。

獨臂人不好意思地摸摸鼻子，說：「叫我小柯就行了。」

勃起卻興奮地大喊：「柯老師超強的！比我強一千倍！」

小柯臉紅，卻不否認。

婷玉臉上掛滿尷尬的笑容。

15 犯罪史上的君王

凌晨三點，警視廳「遊戲專案」祕密簡報室。

十六名自衛隊特派小組，日本武備軍菁英中的菁英，智勇雙全的典型，一臉不屑地看著金田一與赤川。

特派組組長猿飛力三，嚴厲地說：「我們絕不能苟同你們擅作主張的做法，不僅埋下惡例，更可能觸怒遊戲先生變本加厲地犯案！」

潤餅看了看警視廳廳長陰晴不定的怪臉，大著膽說：「赤川的宣言，至少爲民眾的怨忿找到了出口，也緩和了警視廳的壓力，從收視率就可以清楚明白。」

警視廳廳長，宮崎薰，不置可否地點點頭，一旁的祕書說道：「警視廳不會爲赤川的宣言背書，但也不會因此對赤川做出降職或下調的舉動。」

金田一看著一旁睡眼惺忪的赤川，笑道：「遊戲先生是東京的噩夢，除了犯案導致的實質傷害，對市民的心理受創更劇，所以我認爲光是破案是不夠的，東京還需要一位英雄，加上媒體的渲染，相信能強力凝聚東京瀕臨崩潰的民心。」

猿飛力三「哼」了一聲，冷冷說道：「光是製造警界神話是不夠的，要是一直破不了案，這完全沒有幫助。」

金田一點點頭，誠懇地說：「所以我們需要貴小組的幫忙！沒有你們，這個計畫就不可能成功！」

猿飛一楞，沒有說話。

金田一揮揮右手，說：「這裡除了警視廳可以完全信賴的三位高級長官、三位刑隊小隊長，以及四個幕僚外，就是來自自衛隊的你們了，你知道這是爲什麼？」

猿飛跟赤川不同，他並非單細胞的武將，聽到金田一這麼一說，登時明白：「警視廳有內奸？」

潤餅無奈地說：「恐怕是的。獵殺新幹線的機關槍，是遊戲先生從警視廳重裝軍火庫裡偷來的；公路上亂射完，隨意丟棄在路旁的槍支，是從警視廳實彈靶場偷出的；以及公寓血案出現過的掌心雷，是從證物保管室偷出的；另外還有兩把警制手槍。」

金田一接著說：「此外，被殺害的三位長官，嗯，我就不拐彎抹角了，這三位長官是警視廳人緣排名前三的大好人，表示凶手相當了解警視廳內部私密的人際關係，因此我們必須朝警界內部搜尋他的蹤跡，將遊戲先生繩之以法。」

潤餅含在口中的咖啡差點吐了出來，赤川則禁不住滿肚子的笑意，微微晃動身子暗笑。

金田一看著猿飛，說：「既然遊戲先生很可能是警視廳裡的內奸，或是跟警視廳有很深淵源，所以我想請猿飛組長率領自衛隊特別小組，祕密保護接下來可能受害的長官，在遊戲先生下手時一舉將他擊斃。」

猿飛點點頭，認眞地說：「若是由我們自衛隊出馬，不會只有擊斃遊戲先生，還能將他生擒。」

赤川輕輕拍手，說：「好強好強！」

猿飛不理會赤川，說：「你要我們怎麼做？」

金田一看著警視廳廳長，說道：「我想請你們祕密保護三位人緣最好的警官，分別是廳長宮崎薰、刑事第A小隊隊長新堂若丸、刑事第H小隊副隊長大和敏郎，這三個人是目前警視廳人緣無人能及的，也是遊戲先生最可能的下一個目標。」

宮崎薰微笑地點點頭，說：「很好很好，謝謝你的安排。」

金田一回以微笑，潤餅不動聲色，但赤川卻忍不住笑了出來。

猿飛拍拍胸口，鏗鏘道：「沒問題。」

金田一說：「爲了避免被遊戲先生從警視廳內部知悉我們的計畫，我希望貴組的行動能小心隱密，有任何消息就直接通知伊藤潤餅，他是個可以信賴的正直警探，我想就由他負責串連我們兩方吧。而這次的行動，就請廳長爲我們命名吧！」

宮崎薰正爲自己的人緣好得意不已，滿意地說道：「那就命名爲『地鼠吱吱叫』吧！」

現場冷氣頓時變得好強。

金田一看著鐵青著臉的猿飛，不好意思道：「那就這樣吧！『地鼠吱吱叫』計畫正式開始！」

□

並不是每個人都爲赤川的挑戰書感到興奮。

例如？

例如赤川的鄰居。

在赤川透過媒體向遊戲先生宣戰的第二天，赤川的鄰居全都帶著一張張奇臭無比的臉，倉皇地連日搬走。

赤川站在公寓樓下門口，不斷地向滿臉大便的住戶鞠躬道歉後，便進樓洗了個久違的熱水澡，刮刮鬍子，雙手握著金田一丟過來的手槍和自己的手槍，大字形地躺在亂衣堆中沉沉睡去。

沒有噩夢，甚至沒有任何一個夢，赤川總算睡了個好覺。

連續兩個星期，殘暴的邪惡似乎在東京銷聲匿跡，只剩柚幫恣意挑起的街頭火拚。

正義似乎壓倒性地制伏遊戲先生的恐怖。

這段東京的太平歲月裡，金田一破解了香港三合會在東京毒網的交易密碼，和赤川率領第C小隊大破三合會在新宿的總毒窟，更使得赤川擊斃的壞蛋人數增加了六人。

當然了，在媒體的大量曝光下，此一大案的偵破更爲赤川與金田一寫下新的英雄傳奇，尤其是赤川，所有的日本民眾都期待著隔天的報紙會刊出「赤川擊斃遊戲先生」的標題。

至於守株待兔的自衛隊特別小組，每天晚上都牢牢地盯住警視廳三大人緣奇差的警官，期待著遊戲先生的大駕，然而遊戲先生卻徹底消失兩週，彷彿蒸散在空氣中。

特別小組這些日子來，戒心降低了不少，體重倒是微微增加了些。

只是，金田一偶爾還是會想到一些奇怪的問題。

赤川的夢究竟是怎麼來的呢？

爲何赤川的噩夢，總是發生在赤川獨處時，昏睡得到的呢？

爲何赤川的夢裡，總是忽略警官命案的發生過程呢？

更奇怪的是，爲何赤川的夢境跟現實總有些許差別呢？

夢與眞實的最嚴重差異，顯現在第三個公寓血案裡。

關口將泰的未婚妻的確叫松島美雪，但，當晚自己縫住全身，驚嚇致死的女人，卻叫幕下芳子，是關口將泰當晚祕密幽會的老情人；死者託付給赤川緝凶的夢中，竟出現受害者身分迴異的現象，這比起第二個凶案中，赤川弄錯遠處遭遊戲先生槍擊的死者身分，更來得誇張！

金田一不抽菸，所以當他爲這些問題所困惑時，他只是咬了咬紅蘿蔔或芹菜。維他命比起尼古丁與酒精，更能活絡金田一的腦細胞。

此外，有一點倒是令金田一頗爲意外，就是Dr. Hydra依然健在。兇狠的柚幫似乎沒有使這位溫文儒雅的醫生面臨生命上的威脅。因此有時候，金田一也會找比他更聰明的Dr. Hydra吃飯，隨意談談對遊戲先生的看法，也順便了解眼前這位奇特的雅士。

有一次，Dr. Hydra從偵探推理小說的角度，與金田一討論整個案件中的兇手。

「如果你是作者，你會怎樣安排兇手？」Dr. Hydra微笑。

「一般的寫法，就是將證據與線索，全導向不是兇手的嫌疑犯身上。」金田一直接反應說道。

「就這個案件來說，也就是等於說：兇手絕非赤川，是嗎？」Dr. Hydra問。

「是的，就友情上來說，我當然不希望他是兇手；站在推理小說的角度，赤川也不能是兇手；但一部想要擺讀者一道的推理小說，或是一部很糟糕的小說，安排赤川就是兇手本人，也是稀鬆平常。」金田一。

Dr. Hydra也不抽菸，但他喜歡濃郁的咖啡。

他聞著咖啡泡沫上的香氣，說：「但，按照最近恐怖電影的新規則，兇手很多都是兩人以上，藉以混淆觀眾的推理思考，這不也跟你我的推理一樣嗎？遊戲先生應該不是殺害警官家庭的凶手，凶手是另有其人。如果我是作者，我也許會採取這樣的編劇。」

金田一微微一笑，聞著蔬菜湯豐富的營養氣味，說：「如果眞如你所言，作者恐怕會將凶手的重責大任推給我跟赤川，去扮演雙人犯案的劇情。」

Dr. Hyrda點點頭，說：「很有可能，擅使雙槍的遊戲先生若由不會開槍的你擔任，殺害警官的屠宰狂若由赤川擔任，這種矛盾的寫法並不罕見，也很有它的趣點。」

金田一哈哈一笑，說：「但若由優秀的事件旁觀者，你，來擔任凶手的要角，也會是很好的選擇！」

Dr. Hydra歪著頭，說：「這也是情理中事，但這種結局底牌的選擇，並不會給予讀者驚喜。」

金田一笑著說：「也是，要一個隨時會被黑幫做掉的醫生擔任凶手，也太爲難你了！」

但今晚有些特別。

「喀嚓！」

槍已上膛。

一雙銳利的眼睛，盯著赤川公寓窗口微微的燈火。

赤川的公寓很亂。

擠在床邊的衛生紙、發黃的白枕頭、凌亂的內褲與襪子，還有一條破破爛爛的被單。

赤川剛沖完澡，舒服地躺在床上看電視。

慢慢地，赤川的眼皮愈來愈重，手中的雙槍也漸漸鬆脫了。

窗戶外的陽台上多了一道黑影。

黑影的呼吸均勻平緩，沒有初學者「屏息以待」的刻意，也沒有迫不及待地掏槍，只有單純的冷靜。

沒有窗簾的窗戶外，漸漸飄來赤川凌亂的鼾聲。

黑影凝神傾聽赤川鼾聲與呼吸的節奏，一邊任由手臂鬆緩垂放，讓指尖自然而然地碰到粗糙的槍托。

第十七輪的鼾聲節奏。

十七一向是黑影的幸運數字。

是時候了。

黑影迅速拔起手槍，雙手簡潔彈出、撞破玻璃的一瞬間，子彈也飆出短短的槍管。

焦煙的味道瀰漫在空氣裡。

破爛的床單幾乎沒有揚起，只是多了六個洞。

兩個床緣邊的洞，當然是從窗口刺進的。

另外四個洞，卻是從被單裡鑽出的。

除此，窗外的黑影額上與腕上，也多了兩個洞。

赤川緩緩從被單裡爬起，一邊看著窗外搖搖欲墜的藝術品，一邊摸摸床緣上，猶自冒煙的兩個破洞。

「如果你不先撞破玻璃，也許額頭就不會冒煙了。」赤川嘆了口氣，又說：「這下子不能做筆錄了。」

窗外的黑影並沒有悔恨的眼神，因爲眼睛已經吊白，身體一軟，便掛在窗戶的尖碎玻璃上。

赤川呼了好長的一口氣，暗自慶幸自己擁有超越動物的敏銳感。

赤川在殺手站在窗戶外的一刹那，便感覺背脊發涼，有如被殺氣的尖銳刺傷，卻因爲不清楚窗外的人數而遲遲不敢發難，只好製造亂中有序的鼾聲欺敵，一邊傾耳細聽窗外殺手的動靜；直到窗外殺手抽槍破窗發出了聲響時，赤川才判斷出殺手的高矮與正確位置，立刻背對著殺手從被窩裡快速開槍，擊中殺手正要扣下扳機的雙腕，又馬上微調擊中殺手的額頭。

「遊戲結束。」

赤川雙手舞槍，對著掛屍長吼不絕。

這時，手機鈴響。

赤川接了電話，興奮地大吼：「老子在十五秒前幹掉了遊戲先生!!」

電話的另一端一楞，傳來了金田一的聲音：「啊？我才正要告訴你，遊戲先生在五分鐘前落網了，正送往警視廳的途中！」

赤川情緒仍舊相當高昂，大叫：「我再說一遍！老子剛剛在我家幹掉遊戲先生！他現在正掛在我家窗戶上，額頭一邊冒血一邊冒煙咧！」

「剛剛有人在你的住所偷襲你!?」金田一微微吃驚。

「Ya！正如你我的預料！老子的實力高了一籌，正義必勝！」赤川咧著嘴大笑。

「那就怪了，難道我們剛剛逮到的變態不是遊戲先生？」金田一咕噥著，又說：「你叫渡邊跟三井帶人去你家接收現場，你立刻過來吧！」

赤川神采飛揚地推開重案特別調查室大門，卻看見裡面的長官個個臉色古怪，金田一則招呼自己坐在他旁邊。

「赤川英吉，你說你剛剛在家裡擊斃了遊戲先生？」警視廳廳長宮崎薰。

「是的，現在第C小隊的隊員正在勘驗現場。」赤川鞠躬道。

「現在問題嚴重了，希望你槍殺的，真的是正牌的遊戲先生。」宮崎薰面色凝重地說。

一位警官站起來報告：「我向各位長官簡報一下關於剛剛在銀座落網的凶嫌，他的身分已經確定，全名是山本川，現年三十四歲，身高一米七八，體重七十，今晚在銀座二丁目一處社區公寓中犯案，持槍威脅野比太一家四口，脅迫兒子將父親的眼珠用湯匙挖出後，在強迫女兒用水果刀將母親的乳房割下時，被聽到慘叫聲的鄰居報警破門擒住，現在正在特偵室接受盤問。」

金田一對赤川竊竊私語：「這傢伙絕非遊戲先生。」

赤川爽朗地說：「當然，我斃掉的殺手才是遊戲先生。」

金田一微笑道：「這樣最好，但我的意思是，這位山本川先生不但沒能弄昏警衛，也沒躲過監視器，甚至笨到被抓到，更重要的是，他還在褲子裡塞滿被害人的鈔票，這絕非遊戲先生的作風。」

赤川點點頭，小聲說道：「死在我家那個是很厲害的殺手，就算我先射中了他的雙腕，他還是勉力擊中離我身體不到十公分的被單，所以他一定是遊戲先生！」

金田一不置可否，只是說道：「我害怕從今晚以後，會有愈來愈多人模仿遊戲先生殘忍病態的犯案模式，也怕有愈來愈多人跑去你那狗窩暗殺你。」

赤川微微怒道：「是嗎？我相信遊戲先生已經死了。」

金田一聳聳肩，笑道：「無論如何，明天的頭條一定有你赤川英雄的照片，好好準備一篇演講稿吧。」

就在新聞頭版刊出赤川擊斃遊戲先生的大消息後，東京的煙火才剛剛放完，隔天就又有人模仿遊戲先生，在公寓行凶被逮，罪名是非法侵入與重傷害。

在警局，那位堅稱自己才是正牌遊戲先生的凶嫌，一邊看著照片中被自己挖掉鼻子的被害人傻笑，一邊竭力說服辦案警員自己是多麼凶暴殘忍。

可惜，警員們在一個小時內就找出那位凶嫌在遊戲先生前幾個案子中，犯案時間的不在場證明。

不只那位白爛凶嫌，東京還出現了五位酷愛模仿……不，是酷愛冒充遊戲先生犯案的狂人，其中兩個在血腥地玩弄人命後被警方逮住，另外三個卻直接到警局自首，個個嘶吼著自己的沉重罪行，其中兩個有十年以上的精神病史。

至於接受群眾夾道狂歡的赤川，在擊斃「遊戲先生」的第三天晚上，又「不小心」擊斃了踹門而入的殺手。

這個殺手拿著烏茲衝鋒槍，一踹門就瘋狂掃射，直到頸動脈被赤川打爆爲止。

赤川爲此大惑不解，看著自己彈痕累累的房間，除了慶幸自己即時抄槍臥倒外，隔天又站在公寓下爲搬進搬出的鄰居鞠躬道歉。

當然，赤川隔夜又向金田一借了手槍回家。

還好借了槍。

因爲，當晚赤川又幹掉兩名試圖爬上窗戶的殺手，一槍一個。

爲什麼有那麼多人搶著當「遊戲先生」呢？

金田一咬著紅蘿蔔，說：「爲了得到日本史上最凶狠暴徒的稱號吧，對一個與光明對稱的黑暗世界來說，得到這個稱號意味著犯罪史上的君王、黑暗的主宰。」

赤川心情變得很差，一方面是因爲眞正的遊戲先生不知下落何處，一方面是因爲自己回家後，總要花費心神轟掉不速之客的腦袋，害他睡覺睡得心驚肉跳，只好趁白天上班時趴在桌上打瞌睡。

今晚，子夜十二點半，警視廳第C小隊辦公室。

赤川無奈地躺在沙發上，蹺著二郎腿，試圖讓自己睡著。

「今晚不回去了嗎？」守夜的織田摸摸鼻子說道：「如果不回去，可不可以幫我守夜，值班費我會另外給你。」

赤川想起今晚十點發生在家裡的兩件慘案……

兩個拿著大砍刀的混蛋發瘋似地衝進自己的狗窩，對著家具、衣服亂砍，赤川只好朝兩人的手腕開槍，讓兩個瘋子倒在地上大吼大叫。

還沒完呢。

正當赤川通知附近的警局過來處理兩個怪叫的瘋子時，一個嘴含手榴彈的殺手，手持雙槍，從走廊的另一端不斷朝赤川家射擊，逼得赤川在走廊上與這個神風特攻隊一來一往，直到雙方僵持了兩分多鐘後，赤川精確地命中殺手的眼睛為止。

□

辦完了筆錄，十二點半了，赤川實在不想回到狗窩了。

那裡彷彿是殺手的瘋狂Party。

做了這麼多恐怖的噩夢，赤川的確開始害怕死亡，但，赤川更厭倦沒有止盡的突襲。

好累。

「抱歉啊！織田，你還是乖乖守夜吧，我累死了，絕對要在這裡睡上一覺。」赤川瞇瞇眼說。

「何不到我的辦公室來睡？那裡的沙發長度比較適合你。」

一個高大的身影佇立在辦公室門口。

Dr. Hydra微笑。

「這麼晚了，你怎麼還不回家？」赤川看著Dr. Hydra，聞著他手中濃濃的咖啡香。

Dr. Hydra舉起手中的咖啡，和善地笑道：「最近白天去醫院看了不少病人，只有晚上才有自己的時間作點學術研究、寫點東西，我看我這兩天必須要徹夜趕工，才有辦法趕上一個星期後的研討會呢。」

赤川摸著頭傻笑，想起Dr. Hydra那間高級辦公室的特高級大沙發。

「那就打攪了。」赤川不好意思地站起來，又說：「你有沒有親戚被謀殺、被綁架還是怎樣的？總之以後有麻煩別忘了找我。」

Dr. Hydra哈哈一笑，說：「一定一定。」

冰箱後記15

銀座王子大飯店。

婷玉哭著説完自己兩段記憶的痛苦，也詳細説完自己追尋五年前旅程的過程。

「我不知道需要你們幫什麼忙，但我實在無法一個人孤單地待在東京了。」婷玉咬著指甲，流著淚道。

蝴蝶停在獨臂人的耳朵上。獨臂人微微笑，看著婷玉的眼睛。

「放輕鬆，看著我的眼睛，信任我。」獨臂人的聲音有種安定的力量。

「你……你要做什麼？」婷玉問道。

「請讓我進入妳的世界。」獨臂人的眼神露出精采的自信。

不知怎地，婷玉看著獨臂人的雙眼時，竟發自內心，被他溫暖的自信所折服。

獨臂人專注地看著婷玉的眼睛，彷彿要從婷玉的眼中尋找些什麼。

婷玉只感到一陣暈眩，隨即進入一種奇妙的舒服境界，自己的腦袋好像「被鬆綁」了；一塊一塊記憶從大腦的縫隙中墜落，婷玉張大嘴，也看見另一個婷玉從腦縫中鑽出。

彷彿在夢中的感覺，兩個婷玉看著彼此，手握著手，一同浸泡在記憶的海裡。

16 跳舞吧！

「今夜，我們來點特別的吧。」

Mr. Game看了一下手錶，七點十六分。

很好，現在正是下班後的人潮高峰。

Mr. Game摸了摸腰際的雙槍，口中哼著「Raindrops keep falling on my head」，輕鬆地站在街頭，望著川流不息的人潮在身邊流動著。

尋找樂子的上班族、露腰擺臀的援交少女、穿著耳洞的高中生、穿金戴銀的貴婦、西裝筆挺的獵豔族、垮褲長衣的滑板少年。

子彈夠嗎？

夠把這些人都殺掉嗎？

Mr. Game的嘴角以邪惡的角度揚起，飄著微笑。

Mr. Game四處張望，很快便選定了一棟人潮湧進湧出最頻繁的購物中心。

理所當然是這裡吧！

一隻巨大的皮卡丘在大樓的動畫看板上，可愛地晃動放電。

嘻嘻。

Mr. Game優雅地滑進那棟巨大的購物中心，門口的警示器立即「嗶嗶」作響。

「警察。」

Mr. Game微笑地拿出警徽，親切地向服務人員點頭示禮，眼角也掃視了櫃檯天花板上十幾個監視螢幕。

要更改監視器的監控迴路嗎？

不必。

這次不必。

一樓，是十四間小餐廳、八家服飾店，以及一個通往二樓停車場的電梯。

Mr. Game向櫃檯要了份報紙，從容地坐在服務台旁的沙發上，笑咪咪地盯著四處走動的各色人群，似乎在窺伺著什麼。

一樓的挑高天花板上懸吊著好多汽球，藍的、紅的、白的、黃的，全都綁著一只大布條，將大布條飄在高高的天花板上，上面寫著：「宇多田光EP簽唱會，6/22，20:00 四樓娛樂商場勁力登場！」

就是今天啊！

眞是個邪惡的巧合。

Mr. Game看了看手錶。

19:32，時間還早，情緒卻已經難以壓抑。

Mr. Game並不是個衝動的人，但今晚，今晚眞的非常特別，使得Mr. Game忍不住心跳加快，額上滲出一滴滴汗珠。

等待。

Mr. Game將左手伸進長大衣的口袋裡，竟拿出一根紅蘿蔔，Mr. Game楞了一下，隨即大大咬了口紅蘿蔔。

甜甜的，卻帶股生菜的青澀味。

Mr. Game並不喜歡這種味道，卻忍不住又啃了一口。

又一口，再一口，然後再來一口。某種制約似地。

Mr. Game啃光了整條紅蘿蔔，發覺生紅蘿蔔的味道還不壞。

但Mr. Game的額頭上，卻冒出……不，汗珠有如滾水般在Mr. Game的額上沸騰，拚命地逃出每一個毛細孔，汗水傾刻間淹沒了Mr. Game的臉孔、脖子、大衣，濕透了右手上的報紙。

四周的人，似乎都注意到了Mr. Game，紛紛投以奇怪的眼光。

Mr. Game快要被自己的體溫給蒸熟。

就在血液炸開血管的一瞬間，Mr. Game瞳孔驟張，呼吸卻悄悄停了。

不只呼吸，身旁的時間也停了。

時間的齒輪停止咬合，於是，氣體分子也停止在空間中碰撞。

所有人都停下了呼吸，忘了將下一腳踩出去。

櫃檯上的波斯菊也停止了光合作用。

沒有辦法，因爲光也鎖死在緊密的空氣裡。

Mr. Game聽不見一切，因爲聲音也懸窒在空調冷氣中。

一切都停了。

停了。

啪答。

一滴汗珠順著鼻頭，偷偷滑出停住的一切，

清脆地滴在黑色的鞋頭上。

滴。

散成碎珠。

Mr. Game笑了。

「Let's party!」

就在Mr. Game大叫時，時間的齒輪「窟窿」一聲，轟然轉動。

光射進波斯菊的氣孔裡。

氣體分子掙脫跳動。

群眾踏下呆滯的另一腳。

聲音在每隻耳朵旁爆開。

Mr. Game的雙手，也多了兩把銀槍。

「Party party party!」

第一秒。

Mr. Game大笑著，將左手的子彈送入門口警衛的嘴裡，同時將右手的子彈壓進櫃檯小姐剛抹好的眼影上，搞砸了她辛苦畫好的妝。

第一秒半。

左食指一壓，門口另一名警衛的鼻子深陷入腦。

右食指一壓，波斯菊花瓣飛碎，另一名櫃檯小姐的眉心多了顆痣。

第二秒。

左手旁，剛進門的年輕婦人多了個深紅的乳頭。

右手邊，子彈鑲進滑板少年的胸口，畫出鮮紅的刺青。

第二秒半。

Mr. Game右腳踏前作爲軸心，身體快速一轉，左右手食指連扣不已。

一樓廣場的群眾隨著Mr. Game身體一圈一圈地轉，四個、四個如酒醉般倒下。

第六秒。

Mr. Game優雅地停住，欣賞數十人抱頭尖叫的恐怖旋律，一邊左右交叉開弓，將剩下的子彈射向電梯旁的一群小孩。

小孩骨牌般跌倒，結束短暫又無聊的一生。

第七秒半。

Mr. Game從容地走進電梯。

電梯門闔上。

按下「三」。

Mr. Game退出彈匣，俐落地插上新的火力。

死神的門還未完全開啓，子彈便迫不急待地鑽出門縫，將四個正在討論晚餐該吃什麼的上班族撲倒。

第十三秒半。

……最後的晚餐居然沒能吃到。

死神踏出電梯，一邊哼著「crying's not for me, cause I'm never gonna stop the rain by complaining. Because I'm free, nothing's worrying me」，一邊嘻嘻哈哈地隨意開槍，在尖叫聲中狂奔。

Mr. Game狂奔，白色長大衣隨風鼓起，有如夢幻中的白馬王子。

但白馬王子的手中，卻不停奪去群眾發出尖叫的力氣。

子彈飛梭在空氣與血管間，有如電影「駭客任務」裡的慢動作美學。

但三樓共三十七家餐廳、四家咖啡屋的落地玻璃櫥窗，卻沒有一片裂開。

因爲Mr. Game驚人的動態視覺，與美妙的指尖肢感，雙雙達成完美的協議，肉體與手中的金屬、百米內的一切物體融合爲一，槍口中噴出的子彈無一不命中倉皇奔逃的生命，彈無虛發。

邪惡的魔力在此刻燃燒到極致。

「Party party party! Let's party!」Mr. Game瘋狂地大吼。

Mr. Game看著眼前狂奔跑走的十幾個高中生，大笑著。

因爲子彈追得上任何一切。

「一！二！三！四！五！六！七！八！九！十！十一！十二！十三！十四！」Mr. Game愉快地射完槍中的子彈，看著十四個高中生瞬間變成屍體。

Mr. Game抽出發燙的彈匣，笑著說：「到陰間開同學會吧。」

第三十七秒。

一個推著嬰兒車的母親跪地哭喊討饒。

「沒問題。」

Mr. Game親切地答應，一面將嬰兒的腦袋打成稀巴爛，留下茫然無聲的母親。

Mr. Game哈哈一笑，走進食客最多的神戶屋Kobeya Dining餐廳，看到所有人都緊張地蹲在地上、桌下，不禁莞爾。

不動的東西，絕對是不折不扣的死靶。

從一數到三十五後，Mr. Game裝上新的子彈，捧腹走出神戶屋。

在三樓廣場的人群消失了，只剩隨時會絆倒人的屍體。

逃命的力量不可忽視。

但，自私不僅是道德上的缺陷，有時還會有害身體健康。

「嗶嗶嗶嗶……」

Mr. Game看著擠滿人群的電梯，正發出「嗶嗶」的超重警告。

拜託！有誰願意出來!?

電梯裡推推擠擠的，拌雜著怒吼與哭鬧。

「等等我啊！」Mr. Game大笑大叫。

雙槍響起，電梯頓時變成一台果汁機。

剛搾好蕃茄的果汁機。

Mr. Game噗嗤一笑，一邊換子彈，一邊將靠近電梯口的屍體踢出去。

一分三十五秒。

Mr. Game踩著成堆的屍骸，按下電梯裡發著黃光的「四」。

四樓，十四家生活雜貨商店與四家大餐廳。

還有……

「宇多田光EP簽唱會」。

一團亂。

許多三樓瘋狂逃命的群眾，早Mr. Game一步到了人聲沸騰的宇多田EP簽唱會現場。

逃命的民眾哭喊尖叫，卻被陶醉在偶像丰采的歌迷掌聲與熱情吶喊給淹沒。

想繼續逃？

你必須擠出數百名瘋子的層層肉牆。

Mr. Game吹著熟悉的口哨，吻著發燙的槍口。

電梯門終於開了。

「嗨！宇多田！」Mr. Game中氣十足地大喊。

宇多田被人群擁抱著，根本沒聽到冷血魔王的招魂吼。

沒關係，一點都沒關係。

Mr. Game雙槍緩緩舉起，動作優美地，宛如教堂聖歌的旋律在身邊悠揚。

白色的大衣被柔和的聖光籠罩包圍，襯托出白衣上鮮美欲滴的血芒。

「跳舞吧。」

Mr. Game雙手釋放出金黃色的璀璨，射進光芒萬丈的舞台。

宇多田深情款款地唱著情歌，在賺人熱淚的副歌高潮時，突然發出響徹雲霄的極高音。

第一排伸出雙手迎接宇多田汗水的歌迷，手上抓的，全是鹹鹹的紅色。

宇多田雙眼冒著血煙，流下紅色的淚水。

現場頓時寂靜無聲。

宇多田雙腿一軟，眼看就要跪倒在繽紛的舞台上。

「NO——跳舞跳舞！」

Mr. Game雙槍響起，劃破現場的沉默。

兩顆旋轉的子彈穿過宇多田的肩胛，硬是將她扶起。

「砰砰砰砰砰砰砰砰砰砰砰砰砰砰砰砰砰砰！」

接著，槍聲連綿不絕，節奏分明地貫穿宇多田，震得宇多田像發狂的跳跳糖一樣花枝亂顫、身體抽搐不已，亂七八糟地「跳舞」，二十二發子彈流星飛梭，震耳欲聾。眼碎、腦爆、喉穿、手裂、掌飛、奶掉、腸流、膝斷、腿截。

宇多田像木偶一樣跳舞，一邊熱情地灑著熱滾滾的鮮血，噴得前排的觀眾瞠目結舌，好像最新最炫的舞台特效。

「特別優惠，巨星待遇！」Mr. Game大笑著，用子彈當銀線，操作著木偶宇多田。

槍聲盡絕，邪惡的樂曲凝結在空氣中。

Mr. Game指勾雙槍，雙掌拊耳作勢傾聽，嘻皮笑臉地從槍托處彈出冒煙的彈匣。

宇多田穿著美麗的血花，墜落在舞台上。

美麗的歌手躺在美麗的舞台。

群眾尖叫聲炸彈般炸開，尿水濺濕每一雙軟癱無力的大腿。

Mr. Game扣上彈匣，搖頭晃腦地大叫：「不要呆呆的！還不快逃！」

雙槍火力全開，一顆顆子彈悍然追命，絕不重複地擊碎嘶喊恐懼的腦袋。

男人看著身旁，腦袋被轟掉半顆的未婚妻，眼淚還沒流下，就看見自己的脖子愈離愈遠，最後竟看見自己的嘴唇正吻著自己的鞋子。

小麥色皮膚的年輕女孩，一邊奔逃，一邊看著子彈從自己的嘴中噴出。

神色驚恐的男孩拉著心愛的女孩撲倒，卻看見子彈鑽出女孩清澈無瑕的眼睛。

年輕的婦人被一顆滾在地上的頭顱絆倒，於是，她又絆倒另外四個人，接二連三的，十個人在血污中跌了個一塌糊塗。

這顆頭顱演出了恐怖版的「全倒」。

「不要只顧著跑！要記得尖叫啊！尖叫啊！」

Mr. Game吃吃笑道，舔了舔飛濺到嘴邊的血滴，繼續扣下扳機。

地獄。

地獄到了。

穿著雪白大衣的魔王，揮舞著手中的雷電，殘酷地奪走二十四條驚恐的人命。

一次，二十四條。

正好跟子彈的數目一樣。

Mr. Game看著人群以他爲中心，畫開一個血圓逃散，於是又優雅地換上新子彈。

Mr. Game甚至不用追上去，因爲他知道自己的能耐。

新一波的殺戮，張牙舞爪地席捲人頭攢動的四樓。

一個個年輕的生命倒下。

來不及做任何事的保警倒下。

宇多田的海報上，塗滿粉紅色的碎豆花。

支持的標語染上最熱情的顏色。

子彈很快，但生命消逝得更快。

哭聲漸漸少了，因爲Mr. Game準備了相當充裕的彈藥。

哈！有東京警視廳的軍火庫免費贊助啊！

幸運的人來不及哭泣；不幸的人抽搐著，努力思考……

子彈到底藏在身體哪個部位？

腰上的黑水是哪一個內臟的汁液？

我還要多久才會死？

槍聲又停了。

Mr. Game看著擠滿人群的三個電梯。

Mr. Game大吼著：「不要再靠近電梯！讓電梯下去！只開放中間的電梯可以讓你們逃命知道嗎？講不聽喔！」

換上新的彈匣，Mr. Game左右開弓，將左右兩邊的電梯人潮射成稀巴爛，只留下中間的電梯供人逃命。

Why?

Mr. Game相當清楚警方到場的熱門時間。

他換好子彈，期待著電梯門再度打開的瞬間。

「叮咚——砰啊——砰砰砰啊啊啊——砰砰砰——啊啊啊——」

電梯門甫開，子彈便發狂撲上，將荷槍實彈的武警屠滅。

一槍一個，兩台電梯全裝滿死屍。

「左五右六，再來呀——嘻嘻——」Mr. Game一想到，當樓下支援的刑警看見載滿同袍屍首的電梯門打開時，他們的臉色一定很有趣，不禁微微勃起。

此時人群潰散，許多人塗抹死者的腦漿血水，趴在地上裝死，也有許多人跪在大理石地上，喃喃誦經祈禱。

更多人擠在中間的電梯口，瘋狂搶搭通往樓下的生機。

Mr. Game沒打算繼續殺往五樓，也不再理會歇斯底里的人群。

他只是輕柔柔地握住槍把，調整自己有些混亂的呼吸，抖抖槍，扭扭脖子，眼睛緊盯著左右兩台第二次上升的電梯。

此刻，Mr. Game必須全神貫注；他期待光輝與黑暗精采交鋒的時刻已久。

電梯漸漸上升。

Mr. Game雙手揚至兩臂齊肩的最佳體勢，以節省寶貴的百分之一秒。

四樓的燈亮了。

Mr. Game已經聞到「他」充滿殺意的味道。

但，到底是哪一台電梯呢!?

殺氣！尖銳的殺氣！

這是他獨特的狂暴殺氣！

左邊!!

Mr. Game雙槍響起，火光衝向左邊的電梯門縫。

門縫中，也鑽出閃銀色的高速光輝！

交鋒！

冰箱後記16

兩個婷玉驚訝不已的同時，居然看到獨臂人的記憶條理分明地攤在自己的眼前。

「公平交易，一起分享吧。」

獨臂人並沒有開口，但婷玉的的確確感受到獨臂人傳達的意念。

「勃起也用過類似的腦波傳音，但我可以直接剝開彼此的記憶防衛，找尋失去的人生，有點像催眠，卻是更高深的精神操控術。」

於是，兩個婷玉感受著獨臂人分享出來的龐大記憶。

多麼驚人的記憶！墜落的語言、滅絕的符號、瘋狂的病人、猙獰的魔獸、驚心動魄的死鬥、哭號的狼群、在天空亂舞的怪人……以及，一隻蝴蝶。

一段傷心與幸福交織的愛情故事。

兩個婷玉瀏覽著獨臂人豐沛的感情與記憶，卻看見獨臂人緊皺眉頭。

「妳那幾天東京之行的記憶，眞的有兩個，截然不同的兩段記憶……眞是奇哉怪也。」

獨臂人又說：「我要分別鑽進去兩塊記憶，解開祕密。」

說完，獨臂人開啓了婷玉兩段記憶的大鎖。

17 夢錯？

「操！事情大條了！」

赤川翻身大叫，從沙發上跌了下來，口中仍不停大叫：「見鬼了！殺那麼多人！」

四周黑黑的，只有書桌上有微微的橘光。

赤川滿身是汗，發現Dr. Hydra並沒有在辦公室裡。

沒時間細想，赤川抓起衣架上的白色大衣，跌跌撞撞拉開門把，摔進陽光普照的走廊上。

赤川大喝一聲，從地上彈起，一邊跑向第C小隊一邊狂喊：「發生大事了！遊戲先生剛剛在大商場發飆殺人了！大家快查一查是哪一個商場，快去堵他！」

走廊上每個人都顯得莫名其妙，心想：「赤川是不是壓力太大，精神錯亂了？」

赤川推開第C小隊辦公室的門，慌慌張張地說：「快抄傢伙，我夢見遊戲先生在大商場亂殺人了！」

渡邊緊張地說：「你跟媒體說你能夢見遊戲先生犯案的過程，難道是真的嗎？」

赤川一拍桌子：「對啦對啦！快點查出哪裡有一棟至少四層樓的大商場！有很多餐廳在裡面的大商場！金田一八〇你這個聰明鬼，快點想一想啊！要不然遊戲先生就要閃了！」

金田一點點頭，緊張地問：「除了很多餐廳外，那個商場還有沒有其他的特徵？」

赤川用頭猛力敲著桌子，怪叫：「那裡有宇多田的簽唱會還是演唱會！一大堆歌迷都死了！宇多田也死了！快點！我要趕去跟遊戲先生對決！」

金田一立刻撥了手機，示意眾人安靜，說：「小喵！妳不是宇多田的忠實歌迷嗎？妳知不知道宇多田在東京演唱會還是簽唱會的地點？」

眾人靜默，等待著小喵的答案。

金田一緊握手機，說道：「妳確定？宇多田的EP簽唱會是在六月二十二日？在台場哪裡？嗯嗯，好，我有急事，先掛電話了。」

赤川急問：「在台場哪裡？快出發吧！我也有印象是六月二十二日，好像是八點！」

金田一哭笑不得，說：「那你恐怕是夢錯了！今天才六月十五日！」

紀香看著電腦螢幕，說：「我剛剛在網路上查詢到宇多田的簽唱會，的確是六月二十二日晚上八點，在台場的水之城四樓。」

赤川臉色迷惘，鼻涕綠綠地掛在嘴邊，說：「難道是我自己發神經？」

金田一卻沒恥笑赤川，反而認真地說：「這是你剛剛作的夢？夢的感覺怎樣？跟前幾個夢比起來怎樣？」

赤川挖著鼻屎，黏到渡邊的電腦殼上，說：「這個夢是我作過的夢中，最真實最血腥的一次，甚至震撼到我雙腿發軟，操，真的是我夢錯了嗎？」

金田一冷靜地盤想，立刻說道：「很怪異，縱然六月二十二日還沒到，但你居然準確地夢

見宇多田簽唱會的時間……這中間存在什麼樣的意義？」

紀香疑道：「會不會是隊長之前就看過宇多田演唱會的資料，所以在夢中無意識地想起？」

赤川呸道：「老子像是會注意宇多田演唱會的人嗎？」

三井看著渡邊電腦殼上的巨大鼻屎，說道：「話說回來，織田說你從昨晚深夜就跑去Dr. Hydra那邊睡覺，怎麼會昏睡到現在？」

赤川看了看錶。

早上十點半。

金田一說：「今早我跟Dr. Hydra吃早餐，他現在應該在隔壁的醫院裡看診吧，他好像不希望吵到你睡覺，只留了一盞小桌燈給你。」

赤川摸摸頭，整個人摔在沙發上，說：「真是麻煩他了。」

金田一從寬口袋裡拿出一根小白蘿蔔，輕敲

著牙齒，說：「總之，這眞是怪了，難道這又是你的夢與現實總有一些出入的特色？但這次居然弄錯犯罪時間，甚至弄錯犯罪的事實，眞是詭異。」

赤川還是不放棄地追問：「眞的沒人報案嗎？遊戲先生這次殺的人非常多啊！連宇多田都被殺了！」

渡邊看著汗已濕透的赤川，說：「如果宇多田眞被殺了，警視廳應該早就得知了吧。」

金田一冷靜地說：「這只有兩個可能，第一，當然是你夢錯了，這個夢不是死者的託付，只是你日有所思、夜有所夢。第二，這是個價值連城的夢，上天讓你看到未來將會發生的事件，暗示遊戲先生下一個目標、時間、地點，要你阻止遊戲先生！」

赤川恍然大悟，連說：「一定是第二個可能！這次不會錯的，一定是正牌的遊戲先生！因爲這個夢的結尾，就是遊戲先生在四樓與電梯上的警察開槍對幹！生死懸於一線！我想那個警察一定就是老子！只有老子才有辦法跟遊戲先生一決生死！」

金田一與眾人齊問：「那結果呢？」

赤川臉一紅，說：「不知道，我只看到雙方互相開火的一瞬間，眼前一黑，夢就醒了！」

金田一背脊發涼，說：「如果你眞的就是那個跟遊戲先生對轟的警察，那麼，你恐怕會輸，甚至會死！」

赤川驚問：「屁啦！爲什麼!?」

金田一說：「夢會突然醒來，恐怕是因爲那名警察在交鋒的瞬間死去吧！」

赤川怒道：「我夢到的都是遊戲先生的犯案過程，所以說，夢會結束一定是因爲遊戲先生被幹掉了！」

金田一點點頭，說：「希望希望，這也是很有可能。」

紀香愈聽愈毛，也愈聽愈不可思議，說：「如果這次的夢眞的就是未來會發生的事，那，我們能阻止得了遊戲先生嗎？」

赤川自己都不知道，只聽見金田一說：「不清楚，但如果我們趕在六月二十二日八點前先埋伏在水之城，荷槍實彈的，加上有瘋子赤川，勝算應該非常之大！」

赤川猶豫著，說道：「說眞的，遊戲先生在這個夢裡非常厲害，拋開殘酷不說，他的槍法與冷靜都十分驚人，從一樓殺到四樓，大概有一百多個人當場死亡吧！說不定眞的比我厲害。」

金田一驚呼：「一百多個？他的子彈好多！沒關係，那晚我們全都穿防彈衣，也去調五十幾個彈匣跟他拚了！」

紀香咬著嘴唇，說：「先說好，那晚我可不去。」

渡邊倒是摩拳擦掌，狠狠道：「給我多一點彈匣，說不定跟遊戲先生對幹的人是我咧！」

金田一點點頭，說：「未來會不會改變，誰也不知道，但，就算我們可以採行政手段取消宇多田在台場水之城的簽唱會，也會喪失殲殺遊戲先生的良機；所以，我們必須聯絡好潤餅跟石田牧等人，在水之城布下天羅地網，這不是小說，也不是電影，沒有人可以在這樣的警網中逃逸。」

赤川大爲振奮，說道：「對！再厲害也躲不過！」

渡邊也說：「我看也別抓他了，現場直接斃掉就算了。」

金田一微微笑，說：「那我們就暫時相信赤川的夢吧！另外，爲了避免消息走漏，只能告訴水之城這是普通的監視任務，當然也不能事先警告水之城的客戶群，所以，我們在擁有優勢火力的前提下，一定要在遊戲先生開槍後的幾秒內，就聯手把他斃了，不能讓他有機會上樓！」

謹慎的三井接口道：「保險起見，二樓、三樓、四樓也都部下重兵吧！」

紀香眼睛一亮，說：「那我也去好了，穩贏的仗不參加，太可惜了。到時候要記得放我榮譽假喔！」

赤川咧開嘴笑：「說不定首相會親自頒獎給我們！」

金田一輕拍桌面，說：「再命最後一次名吧，『一樓』計畫正式開始！」

□

夜晚，赤川搬進金田一的住所。

小喵端上香氣四溢的茶組，甜甜笑道：「請用茶。」

赤川剛洗完澡，披著大毛巾，湊上鼻子亂聞一通，說：「這不是綠茶，可是好香啊！」

小喵笑著說：「這是台灣進口的凍頂烏龍茶，最高級的喔！」

金田一點點頭，爲三人各自沏上一小杯烏龍茶，說：「你應該試試，好香的。」

赤川一飲而盡，爽朗地說：「Sorry，我只懂得這個喝法。眞好喝，再來一杯吧。」

金田一笑說：「你把好茶當酒乾掉，小喵，不要幫他倒。」

赤川搶過茶壺，爲自己又倒了一杯，說：「Shit，也不想想是誰每天載你們約會跟回家的？」

小喵幫金田一搥背，說：「赤川，你害怕那些每天到你家報到的殺手啊？眞不像你。」

赤川羨慕地看著金田一，說：「說不怕是騙人的，但每天都要決鬥一次，不只怕，而且很煩，因爲殺了他們以後還不能倒頭就睡，還要回警局作筆錄，又不能每天打擾Dr. Hydra，去睡他那高級到不行的大沙發。」

金田一伸伸懶腰，親吻小喵臉頰一下，說：「妳先睡吧，我跟赤川還有正事要做。」

小喵奇道：「這麼晚了還有什麼正事？」

金田一神祕兮兮地從公事包中拿出一台PS2電視遊樂器，以及幾片遊戲光碟，說：「這是跟渡邊他兒子借的，我要赤川教我射擊。」

赤川點點頭，說：「渡邊他兒子月考考爛了，所以這台可以借我們一星期，正好讓射擊白癡金田一體會一下開槍的好處。」

小喵意興闌珊地走到和室門邊，說：「我寫完日記就睡了，你們不要太晚睡啊，不准玩超過三點。」

金田一拿出「槍狂2005」放入遊戲機中，回頭看著小喵：「嘿！我不是玩，我是要練習！」

赤川看著遊戲畫面，打了個哈欠，說：「好遜，一點都沒有臨場感的魄力，你練這個也沒用。」

小喵關上門，留下虎豹小霸王兩人。

金田一拿著力回饋遊戲槍，對著螢幕開槍。

赤川看著金田一在遊戲中不斷地被射死，忍不住說：「我看你還是把槍交給我，我會保護你啦！」

金田一拚命開槍射擊跑來跑去的敵人，一邊說：「話是這樣說沒錯，但我可不想錯過『一樓』計畫，要是我來不及學會開槍，我在現場只會成爲大家的累贅，不如不進去。」

赤川看著一再接關的金田一，說：「那就不要進去啊！把『一樓』放心地將給我這個專家！」

金田一的遊戲角色躲在貨櫃後面，說：「我很放心，但我就是想看看那個大場面啊！這麼難得又穩贏的場面，我不在場多可惜，搞不好我會幹掉遊戲先生呢！」

赤川怪笑一聲，猛拍金田一的大頭，說：「我作的都是不斷實現的噩夢，你卻淨作不可能的美夢。」

只見金田一放下力回饋手槍，閉上眼睛。

赤川無聊地看著遊戲畫面，說：「累啦？那換我示範吧。」

金田一睜開眼睛，默默地接上另一支力回饋手槍。

赤川笑道：「不要那麼急，先練好一支槍再說。」

金田一深呼吸，大喝一聲，雙槍齊發！

赤川的眼睛瞪得老大。

虛擬子彈光點般飛梭在螢幕中，勢如潮水擊倒擒抱著人質的匪徒，金田一的遊戲角色甚至不須要躲到車後，就以雙槍緊密與準確的火力壓制住畫面中的匪徒。

匪徒一個個中槍死去，人質卻只被誤殺兩人。

一分一秒過去了，金田一的角色居然毫髮無傷，赤川直感不可思議。

過了許久，金田一滿頭大汗地跳出遊戲畫面，拚命甩著痠痛的雙手。

「厲害吧！」金田一好像小孩子般興奮。

赤川大感驚奇，說：「你怎麼突然進步這麼多!?」

金田一嘻嘻一笑，說：「剛剛我閉上眼睛，是在努力回想你開槍的樣子，不只你開槍的手勢，還有你看起來很渙散、其實卻很專注的動態視覺，我試圖將這一切模擬到我的身上玩遊戲，沒想到效果竟出奇地好。」

赤川摸摸金田一的腦袋，說：「你這小子不但聰明，還會魔法哩！」

金田一笑說：「魔法個頭！只能說是我平常觀察入微、還有學習能力超強！」

赤川吐了吐舌頭，說：「那你在警校時爲什麼還要靠作弊跟賄賂，才能通過打靶成績啊？」

金田一看著遊戲槍：「管我去死，我就是不喜歡開槍，而且我也開不了眞正的槍。」

赤川大惑不解，說：「後座力太強嗎？」

金田一點點頭，看著赤川結實粗糙的雙腕，說：「我力氣跟腕力都很小，握著眞槍時總會震得整隻手發麻，甚至發疼，開不了幾槍就變成霰彈亂飛了。」

赤川拾起遊戲槍，說：「要不然你就拿遊戲槍參加『一樓』計畫好了。」

金田一一拳命中赤川鼻梁，揍得赤川眼淚直流，說：「嘿嘿，今晚你睡花園吧！」

□

隔天，赤川與金田一根據線人長期埋下的線報，帶領第C小隊破獲柚幫在灣岸地下舞廳的軍火分庫，現場居然有多達五十幾支火力強大的HK53、HK33K小型衝鋒槍，以及彈援充足的CZ75衝鋒手槍十四把，更妙的是，居然還有多達兩百枚的手榴彈。

赤川把玩著沉甸甸的手榴彈，說：「柚幫到底在想什麼？全都瘋了嗎？」

金田一審理著織田抄好的沒收軍火清單，應道：「看過他們那晚瘋狂地爭搶大陰莖吃，的確，他們是一群不折不扣的瘋子。」

赤川看著滿桌足以組織成一支游擊隊的軍火，說：「柚幫要那麼多軍火幹嘛啊？而且，我們這次查到的只不過是柚幫軍火的一部分罷了，哇，這眞是怪了，兔子，你說說看，柚幫爲什麼這麼奇怪，把那麼多的財力全部花在購買這些根本用不到的軍火上？」

金田一沉吟片刻，說：「你不覺得柚幫根本不是黑道幫派嗎？」

赤川摳著齒垢，將黃白的齒垢黏在HK53衝鋒槍扳機上，說：「怎麼說？它不是黑幫才有鬼咧！」

金田一笑著，用小黃瓜敲著桌面，說：「典型大規模的黑幫會經營許多容易印鈔票的行業，比如色情、毒品、廉價軍火、工程建設，甚至入主知名大公司的股份，總之，暴力只是黑幫權力的根本基礎，而不是目的！賺錢應該才是黑幫的目的呀！」

赤川點點頭，說：「那倒也是，柚幫整天忙著打打殺殺，老是忙著劫掠其他黑幫的酒店等金窟，卻又把錢花在軍火跟擴充幫眾上，眞是詭異。」

金田一又說：「我倒覺得，柚幫是宗教，一個崇拜陰莖的教派，而不是黑社會。」

赤川不說話，等待著金田一解釋。

「只有宗教形式的組織與精神信仰，才能驅使數萬柚幫成員不以獲取金錢爲目的，反而效忠陰莖神不斷累積軍火與打劫黑幫的命令，至於陰莖神爲什麼要這麼做，以及柚幫眞正的目的是什麼，我就想不透了。」金田一說。

赤川打了個哈欠，說：「問那些柚幫成員也沒用，我看他們也不知道他們老大的目的。」

金田一看著滿桌的武器，心想：「一個東京第一龐大的恐怖組織，若不要錢、不要女人、不要權力、不要推翻政府，那麼，他們的目的是什麼呢？」

冰箱後記17

一、兩秒後。

獨臂人額頭冒汗，說：「妳這段東京旅行的記憶完全沒問題，但被強暴的記憶，卻非常隱晦深沉，我看得到妳被污辱的過程，卻無法參透其中的奧祕。」

兩個婷玉折服於獨臂人驚異的經歷，說道：「連你也不知道我有沒有被強暴？」

獨臂人搖搖頭，說：「我再試試看，這事非常奇怪。」

獨臂人瞳孔疾張，超能力婷玉身體一震。

獨臂人說：「妳的記憶很古怪，像是平空生出來似地，至於爲什麼我不清楚，妳們看看這裡。」

獨臂人指著一塊記憶，說：「就像一大串奇怪的密碼，我竟破解不了，只看到一團藍光，此外一片黑暗。」

兩個婷玉一見到藍光，身體不由自主地發抖。

獨臂人嘆了一口氣，說：「雖然我看不透這之間的機關，但，我可以將這段奇怪的記憶洗去，讓妳不再痛苦與矛盾，妳願意嗎？」

18 巧合

此時，紀香走進辦公室，神色古怪地坐在電腦前。

「月經？」赤川胡說八道，一邊在金田一丟過來的沒收清單上簽名。

紀香怪理怪氣地看著赤川，又看了看金田一。

「要請假？」赤川也看著紀香。

紀香終於開口：「你們有沒有收到那封e-mail？」

赤川說：「沒有，什麼e-mail？」

一旁的織田也說：「對啊，什麼好玩的e-mail？」

紀香打開電腦，說：「你們出去查軍火庫時只留下我一個，我就是在那時接到一封奇怪的e-mail，你們也進網路看看有沒有收到吧？」

金田一將椅子滑到紀香身旁，說：「是什麼e-mail？群組信件嗎？看妳的不就行了？」

紀香搖搖頭，說：「你們先看看你們有沒有收到，連別的小隊也收到了。」

此時織田已進入網路，說道：「是不是一個代號叫作truth的寄的？我看看。」

紀香猛點頭，說：「其他人快看一看，隊長，你更要看！」

赤川狐疑著，也進入了網路。

三井說道：「我也收到了。」

渡邊也說道：「Me too，附加檔沒病毒吧？」

金田一也進入網路，看見署名truth的使用者寄了封巨大群組信件給自己，沒有內文，卻附夾著名爲「巧合」的檔案。

金田一打開了「巧合」，不由得暗暗心驚。

「巧合」的內容，是東京警視廳所有警官、警察與行政人員的執勤紀錄，以及Mr. Game每一件刑案的犯案時間表。

不僅如此，還有一份警視廳軍火庫、證物室、沒收物檔案室的警員通行紀錄。

金田一的眉心淌出汗滴。

這三份資料連在一起，竟暗指著一件令人冷汗透身的揣測。

赤川大叫道：「放屁！這是誰在亂傳的！」

金田一看著「巧合」，覺得胸口悶熱無比。

全警視廳的警官與警員，只有赤川英吉一個人，在所有遊戲先生犯案的時間點上，不是未在執勤，就是執勤蹺班，一個時間點也不差。

也只有赤川英吉，在遊戲先生每次犯案的時間前幾天，皆進出軍火庫、證物室、沒收物檔案室數次。

這些對比資料暗暗指出什麼？

一個自稱夢見遊戲先生所有犯罪過程的警官，在擁有這些「巧合」的條件下，會令人聯想到什麼？

每個人，除了死盯著「巧合」看的金田一，全都看著臉紅的赤川。

「怎麼？我像是人格分裂的凶手嗎？別忘了我前幾天晚上都在自己家裡跟好幾個變態搏命啊！」赤川恨恨地說。

金田一點點頭，說：「這些資料，特別是第一份與第三份，是屬於警視廳內部行政管理的資料，雖然不能說是機密文件，但外人要取得還是很不容易，這些資料是眞是假，紀香，妳幫忙查一下好嗎？」

紀香臉一紅，說：「我查過了。」

赤川大叫：「結果呢？」

紀香低著頭說：「我在警視廳行政網路中查的。這些資料是眞的。」

三井沉吟著：「怪了，這個truth是誰啊？這樣鬼鬼祟祟的。」

金田一說：「除了駭客以外，應該是警視廳裡面的人。」

三井說：「嗯，這個truth是透過警視廳的內部區域網路寄信的，應該很容易查出是誰才對。」

金田一苦笑道：「是嗎？」

金田一心想：要是我寄的，我才不會被找到咧。

此時，潤餅似笑非笑地走進辦公室，一屁股坐在沙發上。

「赤川，你這陣子眞的很紅啊！一下子是英雄，一下子是凶手！」潤餅嘿嘿地笑。

「你也收到『巧合』？」渡邊說。

「我？抱歉啊！恐怕整個警視廳都接到了喔！」潤餅推推眼鏡，說：「你們要查truth是誰嗎？不必查了，每個人都是truth。」

赤川大感不解，但嘴巴仍亂罵一通。

「每個人都是truth？」紀香。

金田一眼中一亮，說：「果然，要是我，也許也會用這一招。」

潤餅一愣，說：「什麼？」

「要是我想在警視廳的區域網路中匿名發信的話，我會寫一個病毒程式侵入系統，將每個人的辨識代碼都改成truth，而原始信件經由在每個人之間連鎖寄發後，再將大家的辨識代碼改回原先的名稱，這樣就追查不到誰是truth了。」金田一又說：「總之，病毒要先寫出來，這也是最難的部分。」

潤餅失笑道：「你眞行，過幾年我一定會叫你長官！」

赤川凶巴巴地罵道：「那好，你幫我破解破解，把那隻王八蛋找出來！」

金田一搖搖頭，說：「辦不到。」

正當赤川想要再度亂吼時，三名警官走進辦公室，臉色不善。

「不要看我，我腦袋很健康，不是凶手。」赤川耳根幾乎燒紅，語氣凶狠。

「請你跟我們走一趟內部調查課。」一名警官說。

赤川看了看金田一，嘆了一口氣，說：「我要帶著他去，行嗎？」

其中一名警官說：「可以，請快點，廳長也在裡面等你。」

赤川、金田一、潤餅，三人面面相覷。

「『巧合』，操你媽的巧合！」赤川心裡大罵道。

□

內部調查課。

廳長、副廳長、調查課課長、五名調查員，還有三台筆記型電腦、一台單槍投影機。

「你對今天在廳裡流竄的這封『巧合』，有什麼看法？」課長單刀直入問道，一個大禿頭。

赤川壓抑內心的不爽，說道：「那是無中生有，有人看我太出風頭，想詆毀我。」

「但是根據廳裡的紀錄，這三份資料是完全正確的。」課長的禿頭金光閃閃。

金田一插嘴道：「所以檔案名稱叫『巧合』啊，就算全都是眞的資料紀錄，也不能證明赤川警員涉案，況且，赤川警員表現相當優秀，這是廳裡眾所皆知的，怎麼會涉案？」

廳長哼了一聲，說：「表現相當優秀？眾所皆知？你以爲媒體捧他，他就眞是個英雄啊？」

金田一聳聳肩，盤算著以後要怎麼惡整廳長。

課長摸著禿得不能再禿的腦門，說：「姑且不論你的執勤時間表爲何總是跟遊戲先生的犯案時間錯開，你倒是說說，爲什麼進出軍火室、沒收物檔案室、證物室那麼頻繁？是不是去偷什麼東西啊？」

赤川咬牙切齒地說：「我常常參加槍戰，所以子彈老是不夠，出入軍火室很正常啊！不過就是去拿子彈啦、拿槍啦之類的；我們小隊也常查獲槍械彈藥、毒品一堆的，跑跑證物室跟沒收物檔案室也很正常啊！」

一名調查員將電腦畫面投射到布幕上，說：「赤川英吉，這是你的違規紀錄，扣掉你擅自借用金田一八〇警員的槍械數十次的違規，以及損毀警車等等紀錄外，你在二〇〇四年八月，有過一次擅自將沒收物檔案室裡的手榴彈兩枚攜出，因此被記了一次小過的紀錄，你怎麼解釋？」

赤川彷彿遭到重擊，傻笑道：「那次是因爲我跟金田一兩人要去碼頭抄泰國毒販的場，聽說對方人手很多，又有重武器，我跟老狗，啊不，我跟藤井樹長官申請攜帶手榴彈執行任務，卻被他罵到臭頭，還說我線報有誤。我沒法子，只好先到沒收物檔案室把擺了好幾年的手榴彈先偷出來用，反正……反正擺著也是擺著，不如我把它用掉……」

金田一點點頭，笑著說：「結果根本沒用到，赤川一分鐘之內就將他們解決了。」

課長看著紀錄表，疑問：「那爲什麼沒有將手榴彈繳回？」

赤川不好意思地說：「那是因爲……當時我想，我沒玩過眞的手榴彈，既然犯規都犯了，於是索性把車停在海邊，跟金田一一人一顆，把它們扔進東京灣裡，體驗一下。」

金田一說：「眞不是蓋的，水花很壯觀，連岩石都碎開了。」

調查員冷著臉，撥著滑鼠滾輪，電腦畫面顯現赤川另一個違規紀錄。

調查員說：「請解釋一下，爲何你在二〇〇四年九月，將證物室裡的FN P90衝鋒槍偷出，於隔天才送回？」

赤川紅著臉，說：「那是因爲FN P90看起來實在太棒了，那是從台灣竹聯幫那邊抄來的，想到他們用的槍居然比我們好，心裡很癢，所以忍不住就借出來玩了一個晚上。」

金田一淺淺笑道：「這件事我也有錯，都怪我在赤川旁邊嚷著要看FN P90的高速火力，弄得他把持不定；不過我們也被罰過了，還停職三天。」

調查員提高分貝，說：「那你又爲何從證物室裡偷走Remington M-1100霰彈槍和子彈一盒？二〇〇五年，也就是今年一月，記得嗎!?」

赤川漲紅著臉，說：「我後來有還啊！都怪我的線民，說要借一把槍防身，但我又不可能把自己的配槍給他，所以就……」

禿頭課長擊桌大吼：「你還說！像你這麼我行我素的警察，居然也會升到隊長!?考績課實在應該檢討!!」

赤川老著臉說：「那是因為我破獲很多案件……」

廳長忍不住說道：「敗類！你在軍火旁進進出出，東摸西偷！很有嫌疑！就算你不是遊戲先生，至少也提供他武器！」

正當赤川就要發怒之際，金田一陪笑臉道：「赤川不會這樣的，再說，赤川也為了那些違規記了好幾次警告、小過、大過的，也算付出了代價。」

廳長斜著眼，看著赤川說道：「是嗎？藤井樹一死，他就升上隊長，這可眞是『巧合』啊！」

赤川勃然大怒，說：「老狗做人很爛，比你還爛！但我沒殺老狗！」

金田一用力一掌拍擊赤川的後腦勺，說：「廳長，這一切都是誤會，赤川腦子很笨，根本就不會修改監視器的迴路，怎麼可能是遊戲先生呢？」

赤川摸著發疼的後腦勺，壓住聲音說道：「再說，我溜班或沒執勤時，不是跟金田一在一起，就是睡大頭覺，沒工夫殺人。」

禿頭課長嘿嘿一聲，說：「聽說你在媒體上宣稱，你常常夢見遊戲先生殺人，怎麼？要不要看看醫生，看看你有沒有人格分裂？」

赤川再也壓抑不住，跳上圓木桌，大吼一聲，猛力踢向禿頭課長。

禿頭課長大吃一驚後，馬上大吃赤川一腳，牙齒「迸」一聲飛向天花板。

金田一來不及嘆氣搖頭，居然看著張手朝天亂抓、滿口血污的課長，哈哈大笑起來。

「對不起，是我一時衝動。」赤川看著嚇倒在地的廳長與調查員，一臉歉然地說道。

金田一兀自笑個不停，笑到眼淚都擠出來了。

赤川自己也覺得好笑，拉起怪聲嚷嚷的課長，深深一鞠躬。

「對不起，實在很抱歉。」赤川。

赤川英吉、金田一八〇，停職三天。

至於「巧合」與truth，無解。

冰箱後記18

一個婷玉低頭沉默著，另一個婷玉則開口：

「如果你將記憶洗去，那麼，另一個我會消失嗎？」

獨臂人點點頭，說：「嗯，是否要讓原本不存在的自己消失，妳自己決定吧。」

獨臂人的指尖泛著奇異的「癲狂」顏色。

「妳願意的話，我可以用癲狂攪亂妳痛苦的記憶，如何？」

無辜婷玉看著超能力婷玉，流下眼淚。

「不，我不要……她也是我，我不要再讓她承受痛苦了。」

無辜婷玉說完，超能力婷玉也流下眼淚。

獨臂人點點頭，蝴蝶飛舞，奇異的意識畫面結束。

19 正義來了

停職最後一天下午。

金田一一邊幫院子裡的迷你菜園澆水施肥，一邊說：「過幾天就到了你夢裡的日期，六月二十二日了。」

赤川赤裸著上身，坐在石階上曬太陽，說：「嗯，我們人多，絕對會贏的。」

金田一細心抓著菜蟲，說：「不要逞英雄，想跟他單挑。」

赤川摸著自己的二頭肌，說：「爲什麼？我想在他死前，給他一個公平的機會。」

金田一低頭，聞著紅蘿蔔帶著泥土的菜香，說：「公平？你聽好，你的命不能送在台場水之城。」

赤川問道：「啊？」

金田一抬起頭來，看著赤川：「別忘了，你繼父就快出獄了，就在六月二十五日，告訴我，你是要冒險跟遊戲先生做無謂的單挑，還是要留著命，斃掉你繼父？」

赤川臉一沉，點點頭，說：「你說的對。」

金田一低頭繼續農事，說：「等收拾了遊戲先生後，我想個完美的方法，讓你親手殺了你繼父又不用坐牢，這樣才對得起你哥哥。」

赤川看著太陽，說：「嗯，我絕不能死。」

金田一笑著說：「嗯，你絕不能死，你要殺掉全日本犯罪史上第一凶殘的通緝犯，讓名聲遠播到天國。」

赤川點點頭，說：「哥哥的天國。」

□

六月二十二日，下午三點半。

距離台場水之城決戰，只剩四個多小時。

第C小隊的士氣高昂到最高點。

渡邊擦著配槍，兩眼發亮，說道：「坦白說，要是我在別的小隊，一定是該隊最厲害最凶悍的槍手，可惜啊可惜，在這裡卡了一個隊長你，害我只能當老二，但這次『一樓』的機會我可不會放過，等我一槍斃了遊戲先生，記者就會將我團團圍住的。」

赤川嘿嘿一笑，說：「是嗎？」

一向沉默的三井開口道：「小心為上，不要受傷就好。」

金田一讚許地說道：「就是這句話，大家不要搶功，斃了遊戲，大家一起領獎加薪，升官加給。」

織田不安地說道：「老大，我們不向上頭報備任務，真的可以嗎？支援的火力會差很多耶，要是任務失敗，還會加重處罰啊。」

赤川蠻不在乎地說：「這樣啊？管他去死。人這麼多還擺不平遊戲先生，算我們無能。」

金田一說：「要出名就別怕事，況且我們不能冒走漏消息的危險。總之不要擔心，我安排好了後援。」

此時，紀香噘著嘴走進來。

「沒用的，我只能調到每人兩個彈匣，庫房說我們今天沒重大任務，不肯多給。」紀香氣呼呼道：「我已經猛拋媚眼了，還是不行。」

金田一看著赤川。

赤川哈哈一笑：「好！他不給，老子就偷！」

織田搖搖頭，說：「行不通的，記得『巧合』吧？你已經是庫房的黑名單了。」

金田一數著第C小隊可用的人數：無敵的赤川、剽悍的渡邊、沉著的三井、槍法平凡到爆的織田和紀香，還有不會開槍的自己，以及不願連累所以不想帶出去的四名新人和文職。

「赤川，我的彈匣給你吧！」金田一。

「不必!!」

潤餅跟石田牧站在門口，身後跟了十幾個人。

「第D小隊、第F小隊報到，虎豹小霸王，你們的後援來了。」潤餅笑著，將手上的皮箱丟在桌上。

織田打開皮箱，裡面都是滿滿的彈匣。

「你們哪來這麼多彈匣？」赤川嚷嚷道。

潤餅怪笑一聲，說：「你還敢問？還不是學你，偷的。」

石田補充道：「還有，別忘了潤餅的線人網絡，區區幾個彈匣根本算不了什麼。」

赤川哈哈一笑，和金田一擊掌慶賀。

台場水之城，正義來了。

□

六月二十二日，下午五點十七分。

潤餅反鎖第C小隊的大門，金田一將台場水之城的平面圖和內部照片掛在白板上。

「為了防止警視廳內部有奸細，很抱歉現在才宣布『一樓計畫』的詳細內容。」金田一鞠躬。

石田隊長嘻嘻一笑，說：「沒關係，你們願意將升官發財的機會告訴我們，我們就很感激不盡了。」

一名第D小隊隊員舉手發問：「聽說這次祕密行動，是依據赤川警官的夢……決定的？」

潤餅點點頭，說：「放心，說起來雖然怪異，但我親自體驗過赤川這項特異功能，準確率很高。」

石田附和道：「現在在這裡集合的二十八名小隊精英，都是可以充分信任的好夥伴，我坦白說，如果赤川的夢是真的，我們從此平步青雲，如果赤川的情報有誤，頂多是在台場水之城乾耗一個晚上，沒什麼損失，可以說是絕對不虧本的計畫。」

赤川哈哈笑，說：「現在我們三個小隊，全聽任你這隻兔子差遣。」

金田一看著台下眾多隊員竟都等著自己一個副隊長的命令，不禁莞爾。

「『一樓』計畫既然叫『一樓』，當然火力重心也就在一樓，力求在遊戲先生現形的十秒之內就將他擊斃，讓民眾的死傷降到最低。」金田一指著一樓的服務櫃檯，接著說：「在赤川的夢裡，遊戲先生是在櫃檯附近發難的，所以櫃檯附近要布下重兵，由各小隊的精英把守。」

在分配任務之前，金田一語重心長地說：「『一樓』最重要的部分，是團隊合作與適才適任，不貪功勞是大關鍵，誰擊斃遊戲先生是很次要的部分，只求任務成功與傷亡最低。任務一結束，我們呈報上級的方式將是三小隊均分功勞，跟布兵樓層沒有關係，遊戲先生身上的彈孔有幾個，我們就除以三，由每小隊均分。」

金田一開始點名，一一安排每個小隊隊員的位置與任務：「紀香跟惠子，我已安排好，妳們扮成其中兩名服務小姐。三井跟木下都很沉著，負責在通往三樓的電梯口附近挑泳具，絕不能讓遊戲先生進入電梯，必要時抱住他，爭取其他人格斃他的時間。」

「渡邊、豐三、喜四郎，你們在大門口旁的咖啡屋點些東西吃，不要刻意監視，動作要自然；祿亂、宮下、東、阿泰、狗王，你們分散在一樓B區各自逛，不要交換眼神，也不要死盯著人看，以上兩組人馬一切等候第一聲槍響行動，務求不被發現警察的身分。」

「赤川雖然算是半個公眾人物，有可能被遊戲先生認出，但『一樓』的主力不能沒有他，所以赤川在變裝後，跟我坐在櫃檯左側看報紙，負責憑夢中的感覺辨識遊戲先生的特徵，最好能在遊戲先生掏槍的瞬間就將他制服。」

「二樓是停車場，但爲避免遊戲先生中彈中途逃逸，覺田、武藏、爆哥，你們各守一個電梯門，躲在車子後掩護，要是遊戲先生逃出一樓，有四成可能會閃人，你們要留神信號。」

「潤餅、織田、烏龜俠、你們埋伏在二樓三個電梯旁，一看到信號就拿槍對準電梯，大聲疏散人群；蜂王、裕二，你們分坐在二樓A、B區，隨時支援潤餅三人，必要時衝上四樓夾擊遊戲先生。」

「石田、鬼頭、鳥山、阿秋、荒原，你們守在四樓責任重大，那裡有宇多田簽唱會，人山人海的很危險，是遊戲先生極易逃脫的路線，但，也因爲人頭攢動，所以也是你們極佳的掩護，盯住信號，一有動靜立刻疏散人群，你們在四樓應該有充裕時間警告群眾，也有充裕時間要求簽唱會的警衛幫忙。不過別擔心，遊戲先生應該到不了四樓。」

「宮田、羽作，你們坐在台場水之城外面，一接到信號，就立刻通知警視廳調支援過來，並注意大門外是否有人負傷逃出。」

金田一說完，潤餅點頭說道：「就這樣辦，大家別搶功，每個樓層都有三個小隊的布置，很公平。」

金田一拿出一枝鋼筆，說：「一樓一發動槍戰，我就會按下筆頭，於是每支筆頭就會像這樣發光，屆時各樓層都要密切注意信號。」

鋼筆頭發出閃爍紅光，金田一拿著鋼筆，說：「每人一支，不用還我，就留給自己當紀念吧，這不是警視廳的，是我熬夜趕工的。」

石田說：「你眞行。」

赤川拿起手槍，「喀擦」卡上彈匣，說：「走吧，幹掉遊戲先生後，就直接在水之城吃晚餐慶祝吧。」

金田一笑著說：「誰殺了遊戲先生，就誰請客。」

六月二十二日，晚上七點五分。

台場水之城，皮卡丘在巨大電子看板上可愛地放電、跳動。

宇多田EP簽唱會的紅色長布條，被上百個色彩繽紛的小氣球拉上一樓廣場的天花板。

各就各位。

一切就緒，就等著指針晃到致命的一刻。

冰箱後記 19

婷玉淚痕未乾，只是發呆。

獨臂人想起剛剛婷玉記憶中的藍色。

獨臂人看著婷玉全身，說：「妳全身上下都沒有藍色，妳很討厭藍色嗎？」

婷玉從未想過這問題，想了想，說：「與其說是討厭，不如說是害怕。」

勃起站在一旁，說：「怕藍色？有什麼好怕的？」

婷玉渾身不自在，說：「我也不曉得，也不知道是從什麼時候開始的。」

獨臂人看著鼻尖上的蝴蝶，說：「婷玉的記憶被奇怪的密碼鎖住，我看不透也解不開，只看到一團藍色。」

勃起抓抓腦袋，說：「我師父解不開，世界上就沒人解得開了。」

獨臂人聳聳肩，說：「我看得透人工邏輯的軌跡，卻無法破解生命的奧祕，總之，我還會再努力看看。」

20 兔子！跟上來！

「嗶嗶嗶嗶嗶嗶」門口警示器響。

「警察。」赤川小聲說道，拿著警徽在大衣中一亮，帶著大隊便衣人馬魚貫進入水之城。

多虧金田一事先的告知與準備，所有人順利各就各位，紀香與惠子也換上櫃檯服務小姐的制服。

為了避免無線電訊遭監聽，三小隊全都不戴耳機，各自活動，隨時盯著胸前的鋼筆頭。警覺與默契是這次行動的關鍵。

虎豹小霸王坐在服務櫃檯附近的休閒長椅上。

赤川黏著假鬍子，戴著棕色眼鏡和灰白色假髮，假裝瀏覽著報紙。

金田一坐在赤川身旁，食指輕敲膝蓋，笑嘻嘻地喝著手中的綠茶。

「真搞不懂你，不會開槍幹嘛還跟來？」赤川眼睛盯著報紙上緣邊上來來往往的人群。

「開開眼界，坐鎮指揮。」金田一八〇下意識地看著手錶，七點十一分。

赤川輕聲問道：「你覺得我的夢是真的嗎？」

金田一眨眨眼，說：「你自己說呢？」

赤川語氣急躁，說：「我覺得愈來愈真實了，一些原本還相當模糊的夢境，隨著時間的逼近愈來愈明顯，我也記起愈來愈多的畫面。」

赤川斜眼看著服務櫃檯上的波斯菊盆，手心全是汗。

金田一的眉心也滲出汗來，臉上卻一派輕鬆，說：「真的？哇，今晚一定很精彩，可以跟兒孫大書特書了。」

赤川看著擠滿天花板頂的各色氣球，緊張得甩甩手，將手汗甩掉。

「你想起來了沒？在你的夢中，他是什麼時候進來的？」金田一已經將這問題問過赤川好幾次了。

赤川喃喃自語：「不清楚，不過他好像應該在裡面了。」

金田一食指急敲，說：「在裡面了？位置？唉，怎麼現在才想起來？」

赤川看著熙熙攘攘的人群，呼吸沉重起來。

「應該就在櫃檯附近。」赤川不安說道，隔著大衣，摸摸腰上兩把手槍。

「啊？附近？」金田一眉心上的汗珠滑落，手指敲得更急了，他的膽子其實並不大。

赤川想著恐怖的夢境。

這是一種奇異的感覺。

赤川從未來過水之城，卻對現在自己的周遭有種強烈的視覺印象。

也許不只是視覺印象，因爲，赤川正被一股莫名其妙的熟悉感包圍著。空氣的味道、肢體的律動感、行人呼吸的聲音、被黑暗窺伺的不安，全都熟悉地飄在赤川體內。

可怕、寒凜的熟悉感。

波斯菊正藉著明亮如白晝的日光燈，努力行光合作用。

可怕的波斯菊，可怕的時間。

赤川緊張地東瞧西望，瞥見金田一腰上鼓鼓兩包。

「你帶了槍？」赤川疑惑。

「廢話，我把槍給了你，沒有槍怎麼辦。」金田一看著一個正在偷戒指的紅髮少年。

「你不是不能開槍？」赤川心中隱隱約約覺得不對勁。

「我不能開眞槍，但還好Dr. Hydra給我建議；我在家裡自己改裝了兩把上次從柚幫沒收的輕手槍，把彈簧減輕兩磅，再把子彈的火藥量清掉一半，大大減輕後座力。託你的福，在你身邊看你開槍開久了，這個場面自保應該有餘。」金田一將綠茶喝完，把空杯放在身旁。

「喔。」赤川想起金田一玩電動玩具神準的樣子，心中很不踏實。

金田一會開槍了。

還是雙槍。

神準的雙槍。

不知爲何，眼前的金田一令赤川坐立難安。

赤川想起夢中的遊戲先生，也是坐在服務櫃檯附近。

也是手中拿著報紙，東張西望地看著行人。

也是……也是雙槍。

也是，也是……

金田一手指急敲，敲著敲著，敲到大衣口袋中的紅蘿蔔。

金田一臉上笑著，手指卻緊張地拿起口袋中的紅蘿蔔。

赤川看著這一幕上演上百次，平凡至極的「兔子啃蘿蔔」。

金田一張開嘴巴，準備咬上紅蘿蔔。

此時，赤川的腦細胞閃進一個奇怪的想法。

金田一爲什麼要選在這個時候啃蘿蔔？

不不不，金田一老是這樣，沒什麼奇怪的……沒什麼奇怪的……

儘管如此，赤川還是打了個哆嗦。

赤川已經想起，夢中的遊戲先生在發難前，也是啃著蘿蔔。

啃蘿蔔的人不多。

赤川寒毛直豎，看著金田一的牙齒離紅蘿蔔愈來愈近，四周卻沒有其他人啃著紅蘿蔔。

一個最壞最壞的情況在赤川腦中炸開。

操！兔子是遊戲先生嗎!?

絕佳的頭腦、精密的雙槍、進出庫房的機會、正在啃著的紅蘿蔔……

絕不！

絕不！

絕不！

怦怦！
怦！
怦！

怦！

赤川一掌打向金田一的手，拍落紅蘿蔔。

金田一疑惑地看著赤川，伸手欲將紅蘿蔔撿起。

此時異夢再度撞擊赤川的大腦，一幕幕夢中世界在赤川腦海中急速組合。

我在夢中的未來嗎？

時間，七點二十分，距離奪命時刻只剩幾分鐘。

……

我正處於接觸恐怖未來的前一刻，然而，這個未來是什麼樣的未來？

是個可以改變的未來嗎？

可以改變嗎？

一定可以！

要不是想改變這麼可怕的未來，我爲什麼要在這裡!?

但，這個想法是眞實的嗎？

一切，都發瘋似地照著夢中的劇本上演，未來似乎鐵一般堅固。

時間的輪軸，正照著夢中的劇本緩緩前進，波斯菊、汽球、紅布條、被汗濡濕的報紙、自己逐漸被冷汗浸透的大衣。

還有金田一掉在地上的紅蘿蔔。

要是身旁的金田一眞的啃下紅蘿蔔，我該怎麼辦？

一個關於未來的弔詭在赤川脆弱的腦中浮現。

遊戲先生今晚一定在這裡，是的，我的夢已告訴我了。

遊戲先生今晚一定在這裡，是的，他逃不了，沒有人可以在這樣的警網中逃開。

遊戲先生今晚一定在這裡，是的，誰啃下紅蘿蔔，誰就是遊戲先生。

遊戲先生逃不了，死定了。

誰啃下紅蘿蔔，誰就是遊戲先生。

誰啃下紅蘿蔔，誰就死定了。

兔子。

兔子。

兔子。

兔子。

赤川的眼眶濕了。

兔子，你絕不能啃下紅蘿蔔。

你絕不能死。

既然未來不可以改變，既然這裡一定有人是遊戲先生，既然一定有人會被殲殺，那……

赤川撿起紅蘿蔔。

金田一疑惑地看著赤川。

赤川咬了一口紅蘿蔔，腦中閃出「巧合」，閃出恐怖的夢境。

赤川趴在小山丘上，握緊重型機關槍，扣下扳機，子彈化作千百火束，撲擊一輛疾駛中的新幹線列車，車窗頓時爆碎，車殼像紙片一樣脆開，血紅濺上蜘蛛網似的玻璃。

赤川又咬了口紅蘿蔔，乾乾的果肉中帶點甜甜的水分。

赤川開著奔馳中的汽車，拉下車窗，朝著來來往往的轎車、卡車轟擊，一槍接著一槍，一輛接著一輛，翻滾的車身捲在公路上，骨牌般撞毀一切；一個接一個駕駛，嘴裡含著鮮血與子彈，衝向安全島，竄起一團高聳的火球，空氣中充滿驚恐與不解。

「你怎麼了？幹嘛吃我的蘿蔔？」金田一看著汗流浹背的赤川，驚覺他的眼神很怪異。

赤川沒有聽到，實際上，聽覺已經凍結在空氣中。

赤川咬了第三口蘿蔔，甜甜的水分中帶點澀澀的泥土味。

偉大的母親，拿著老虎鉗，將自己的牙齒一顆顆拔下；腦漿在男孩的臉上一瞬間糊開；子彈鑽進男人顫抖的屁眼。

原來……眞的是我？

「別發呆啊！時間快到了！」金田一急道。

赤川咬了第四口蘿蔔，橘紅色的味道。

赤川面帶微笑地開槍，看著兩兄弟的大腿爆開，十指相扣。

第五口蘿蔔。

街上的警察昆蟲般死去，流星飛梭般的子彈漫天鋪蓋，巷弄外成了墓園，赤川站在陽台大笑不已。

「七點二十八了！」金田一捏著赤川的大腿。

第六口蘿蔔。

腸子血淋淋地從孕婦的肛門中拉出，一針針縫住自己眼皮的美麗女人，一邊忍著嘔吐、一邊吃著餿水的廚師。

金田一訝異著赤川蒸籠般的身體。

汗水密密麻麻從赤川每一個可以冒汗的地方冒出，赤川的眼神露出迷惘與痛苦，燥熱的體溫簡直快要冒煙。

「七點二十九分！你快回過神來！」金田一警覺到赤川可能正在夢中搜尋線索，但致命時間愈來愈近，金田一實在無法冷靜下來。聰明的人不一定冷靜。

大量恐怖的畫面瘋狂堆疊在赤川的腦中，鮮明的記憶濃烈不堪，赤川陷入渾沌的未來啓示中；一個再清楚不過的聲音在耳邊響起：

「赤川英吉，你的體內住了最殘暴的殺人魔，Mr. Game。」

「殺了我。」

赤川虛弱的意志從蒼白的眼神中滲出。

「你胡說些什麼？」金田一食指急敲，看著赤川。

「再……再不動手……就來不及了……」

赤川懇求地說，眼淚在眼眶裡盤旋。

金田一抓著赤川凌亂的頭髮，急道：「嘿！振作點！」

赤川顫抖地抓著金田一的雙手，痛苦地說：「時間……時間快到了……」

金田一點點頭，忙說：「對！快醒醒！對決迫在眉睫！」

赤川搖搖頭，嘴角泛著白沫，無力地說道：「未來……未來不能變……眞的……眞的很抱歉……」

不知爲何，金田一的背脊發涼。

赤川咬著牙，抱住金田一，吃力地說：「原諒我。」

金田一感到一股悲哀的寒意。

「吃紅蘿蔔的是壞人，原諒我。」

赤川流下眼淚，眼淚滑過鼻頭，滑破正義之心，滴落在地板。

滴落，所以碎開。

碎開，所以開始。

「對不起！」赤川迷惘又痛苦的眼神中，流瀉出深深的歉意。

赤川推開金田一，拔出閃銀雙槍，大喝：「兔子！四樓見！」

魔鬼的時刻。

沒有比深知警力布置的魔鬼要更可怕的了。

左右開弓！

「我就是Mr. Game！」

赤川哭喊著，著魔般瘋狂開槍。

渡邊看著子彈愈來愈近，有如慢動作般插進喜四郎的喉間，倒下。

紀香瞪大雙眼，看著惠子往後噴倒，眼神充滿不解與不甘。

赤川大吼：「我就是Mr. Game，殺了我吧！」

雙槍不停，子彈飛梭在來不及掏槍的眾人身上。

「大家趴下！」金田一大驚，撲倒櫃檯上的紀香，分散在B區的祿亂、狗王、宮下、東、阿泰同時中槍一躺，鮮血劃上空中。

平時以沉著見長的三井跟木下此時也驚詫不已，就在三井趕忙掏槍的同時，子彈穿過身旁木下的胸膛，另一聲槍響，三井右手中的手槍炸開，血流滿掌。

渡邊跟豐三大駭，平時的勇悍全消，居然連槍都不掏，就急忙趴倒找掩護，想不透赤川爲何發狂，只能眼看一旁的青少年被子彈釘在地上。

「殺了我殺了我殺了我殺了我！」赤川狂亂地開槍，卻彈無虛發，逛街人們的尖叫聲和著悲哀的槍響，成了地獄寂寞的招魂曲。

金田一抱著尖叫的紀香縮在櫃檯後，驚魂不定地按下鋼筆頭。

槍聲寂絕。

赤川大吼：「兔子！跟上來！」

電梯打開，赤川淚流滿面地走進電梯，留下二十幾條亡魂。

「So I just did me some talking to the sun, and I said I didn't like the way he got things done, sleeping on the job. Those raindrops are falling on my head, they keep falling....」赤川無神地哼著虎豹小霸王的招牌曲，雙手機械化、熟悉地替換彈匣。

跳過二樓停車場，死神來到三樓。

電梯門開。

一柄手槍指著赤川的腦門，是潤餅。

「赤川?遊戲先生呢？快守住另外兩台電梯！」潤餅放下手槍，烏龜俠跟織田趕忙將注意力重新拉回自己守衛的電梯。

只見赤川痛苦一笑，雙槍燎起火光，織田跟潤餅蹲下慘叫，看著手上的鮮血，烏龜俠一愣，奇怪自己的腦袋中怎麼會鑲著一顆子彈。

「別過來！」赤川嘴巴大喊，手上的子彈卻比聲音還快，穿過前來支援的蜂王和裕二的胸膛，鮮血瞬間塗開。

「我是死神死神死神死神死神！」

赤川優雅的殺人技術不若他聲嘶力竭的哭號，子彈一一劃出致命的殺人軌道，短短十秒內便將電梯附近的遊人屠殺擊斃，赤川大哭大叫，發燙的彈匣彈出，整個人往電梯一摔。

「告訴兔子……我在四樓等他……」

赤川顫抖說完，電梯門隨之關上。

「搞……搞什麼鬼？」潤餅看著自己被槍殼爆傷的手掌，不能置信地說。

赤川坐在電梯裡，窄小的空間燒著痛苦的記憶，短短的時間壓迫深刻的內疚。

赤川拿著槍托敲打自己的頭，血流如注。

插上彈匣。

「爲什麼我是殺人鬼……爲什麼是我……」

行刑的畫面在赤川的腦中，像墓碑一樣聳立著，強迫赤川接受這殘酷的命運。

「原來我的夢都是假的……假的……只是殘存在我腦中的殺人片段……」

赤川咬著舌頭，腦中孤獨迷亂。

不可改變的未來，不能逆轉的命運……

不能避開的對決。

電梯門打開。

「赤川隊長？Shit！嚇我一跳！」

鬼頭跟鳥山大呼驚嚇，一旁持槍待命的石田面露喜色，說：「成功了？」

赤川喃喃自語：「是我是我是我是我是我是我……」

石田聽不清楚，睜大耳朵：「啊？」

啊？

碰碰碰碰碰碰碰碰碰碰碰碰碰碰碰碰！

赤川眼神渙散，雙槍無敵，左右各八發子彈橫行無阻，貫穿石田、鬼頭、鳥山、阿秋、荒原脆弱的肉體，臨時被石田急喚來的演唱會警衛們也應聲倒下，跪拜著君臨四樓的死神。

赤川茫然地開著槍，死神般的本能徹底在手指與扳機之間燃燒，槍魔一體，接著，赤川單膝跪下，左右交叉連擊，正在疏散中的人群螞蟻般死去。

彈匣再次彈出，帶著二十四條人命，彈出。

槍口的白煙淡淡地繚繞，繚繞在一片血霧前。

赤川張望著抱頭鼠竄的人潮，尋找著註定殞命的巨星。

「在那裡……」

赤川看著被工作人員重重包圍住，急欲從電扶梯逃離會場的宇多田，喃喃低語。

扣上新的彈匣，赤川淚眼迷濛。

「對不起，可惜不是在舞台，真的很對不起……」

赤川大吼一聲，踩著奄奄一息的半屍，白衣飛起，宛如奪命天使。

子彈？

一顆顆插在宇多田身旁的安全人員身上。

「哇！」警護慘叫，看著心口湧出醬紅的鮮血，看著身旁的好友跌落腦袋。

宇多田嚇得尖叫跌倒，居然避開致命的一擊，倒在屍體堆裡。

二十四條屍體，不是小數目。

宇多田怕極，當機立斷，鑽進屍堆裡躲過一劫。

不只這位東瀛巨星，所有來不及逃開的歌迷全都趴在地上，將滿地的血污、腦漿塗滿臉孔，露出半截舌頭裝死。

槍口兀自冒著灰煙。

赤川抹乾眼淚，承受著邪惡的命運。

好整以暇，調整呼吸，抖抖垂在指尖的雙槍。

電梯並沒有如夢中預示的，擁出大批警察，但赤川也不意外。

不過，赤川的眼睛卻沒有離開中間正在緩緩上升的電梯。

「是你嗎？兔子？」

赤川念著念著，等待著命運安排的交鋒。

只是自己一直沒想到，在這場交鋒中，自己居然站在邪惡的角落。

更沒想到，站在電梯門後的，是自己最好的兄弟。

「兔子，我終於還是等到你了。」

赤川鼻頭一酸，眼淚再度滑落。

電梯停了。

電梯門緩緩打開。

一個哭紅了眼，雙手顫抖的男子。

「兔子，你來了。」赤川點點頭，也點落了眼淚。

「笨蛋。」金田一笑了，也笑落了眼淚。

兔子，
你來了。

……
笨蛋。

冰箱後記20

獨臂人牽起婷玉，說：「肚子餓了吧？」

勃起說：「好餓，我們去吃路邊的拉麵攤吧！」

三人漫步，來到一間生意不錯的小攤，各點了不同菜式的拉麵。

吃著吃著，勃起突然將麵吐出，呆看著獨臂人。

「師父？」勃起皺著眉頭。

「嗯，一股很邪惡的意識在作祟。」獨臂人停下筷子。

婷玉問道：「你們感應到了什麼？」

勃起說：「在那個方向，好像有件大事正在上演。」

獨臂人看著筷子，說：「很悲傷的感覺。」

婷玉看著勃起指的方向。

台場。

21 悲慟的大地

兩個人對看著。

距離，七點四公尺。

一個擁有冠絕天下的雙槍神技，獅子般的眼神。

一個掛著神機妙算的招牌腦袋，兔子般的性格。

「沒想到吧？」赤川苦笑。

「居然是這種場面。」金田一點點頭。

「準備好了嗎？」赤川看著金田一細瘦的雙手。

「醒醒，想一想你說過的。」金田一搖搖頭，說：「你不能死在這裡。」

赤川痛苦地看著金田一，說：「我無法回頭了，這就是未來，也是命運。」

金田一大叫：「放屁！想想你哥哥！」

赤川也大叫：「拔槍！」

金田一紅著眼大吼：「你快逃！」

赤川舉起雙槍，指著金田一大喊：「拔槍！」

金田一叫得更大聲：「你快逃！憑你逃得掉的！」

赤川激動地晃著雙槍，吼道：「拔槍！你跟我今天一定要有人死在這裡！」

金田一跟著大吼：「你快逃！這裡有我頂著！」

赤川雙槍顫抖，聲嘶力竭：「操！兔子你聽好！我只數到三！讓命運決定誰可以站到最後！」

金田一吼得更凶：「你儘管數到一百！一千！一千萬！」

赤川大喝：「一！」

金田一雙手舉起，亂叫：「二！」

赤川聲色俱厲，大喝：「二！你不要怪我！」

金田一怒道：「殺了我啊！」

赤川雙槍垂膝，大吼一聲：「三！」

同時，赤川手一擺，雙槍揚起。

金田一一愣，雙手自然滑入腰間，抄起雙槍。

「砰砰！」

赤川看著金田一的雙槍，微笑著。

金田一看著赤川的雙槍，驚詫著。

「謝謝。」

赤川雙膝一軟，雙槍墜地，左手扶著深厚的大理石牆，慢慢坐下。

金田一雙槍墜地，搶步上前扶住赤川，看著赤川胸膛、肩胛上的傷口流出汩汩鮮血。

「笨蛋！」金田一驚惶不定，拿出手機撥號。

赤川伸手打掉金田一手上的手機，搖搖頭。

赤川殺人破百，很清楚被射中這兩個部位的後果。

金田一急忙轉身撿手機，卻被赤川強健的右手抓著。

「兔子，你聽我說，別再浪費我的體力了。」赤川的嘴唇開始泛白。

金田一急得大叫：「你這麼強壯……沒問題的！」

赤川瞪大雙眼，強自清醒，說：「我這個殺人魔，死了乾淨，讓我去吧。」

但，金田一不是個擅長道別的人。

「你瘋了！你幹嘛不開槍！」金田一不敢移動赤川的身體，只是抓緊赤川粗厚的雙手。

「是你變強了……以後……以後，以後你可以自己一個人了。」赤川呼吸開始凌亂，看著眼前這位出生入死的摯友。

「你頭啦……我很弱……又不會開車，你要罩著我，你跟我是天下無敵的拍檔啊！」金田一激動地說。

「嗯，我們是虎豹小霸王，是……是……天下無敵的。」赤川笑著，黑血自嘴角流出。

金田一捏著赤川的臉，強笑道：「你繼父大後天出獄，你還要把他送進地獄啊！」

赤川微微點頭，虛弱道：「那兔子……你幫……幫我報仇。」

金田一本想大叫：「等你好起來自己報仇。」但看著赤川逐漸翻白的眼神，只好流淚道：「好，我幫你報，他死定了！」

赤川勉強笑道：「嗯，他死定了，我就知道你行的……我……我好像……看見……」

金田一終於「嗚」一聲哭了起來，喊道：「看見你哥哥嗎？」

赤川無力地眨眨眼，呢喃著：「我有兩個兄弟……一個正在……雲上跟我揮手……一個……一個要帶著我的槍魂……活下去……」

金田一點點頭，哭說：「帶著你的槍魂，替你玩女人，替你生兒子，替你殺你爸，通通交給我！」

赤川喘動的胸膛逐漸平伏，說：「別難過……別……內疚……我……我是……壞人……」

「白痴！你殺了一百三十六個壞人！夠抵掉了！你是個好人！」金田一哭著。

赤川不再言語，閉上眼睛。

金田一看見赤川的嘴唇緩緩蠕動，於是拊耳在他嘴邊。

「soon be turn in... rain... nothing seems to... though... rain drops keep falling... on my...」

赤川低吟著虎豹小霸王的主題曲，吟著吟著，氣音愈來愈細……

金田一緊閉著雙眼，陪著赤川唱完這最後一次。

兩人緊握著雙手，直到天上的流星墜落到悲慟的大地。

金田一不是傳說中的男子漢。

那種男子漢，不會哭。

金田一哭得很大聲，哭得很哀傷。

哭著失去的兄弟，哭著失去的深刻感情，哭著自己的愚蠢。

愚蠢？

是的。

金田一拿起赤川的雙槍，發現輕得不像話。

沒有子彈的槍，誰也殺不死。

金田一明白，赤川是槍神，不必算擊發數，光靠手腕肢感就可以洞悉自己手中的槍裡，還剩下幾發子彈。

何況是兩把空槍。

「笨蛋！」金田一哭笑著，看著不再哼歌的大傢伙。

這個哭聲傳遍東京，來到另一個悲傷的角落。

□

上百個警察封鎖了巨大的現場，媒體閃光燈連連。

救護車鈴響徹雲霄，一台台跟SNG播報車比肩相鄰。

但傷者很少。

在赤川的槍下，很難有傷者。

媒體一窩蜂包圍神色落寞的金田一，金田一淡淡地說：「赤川英吉就是遊戲先生。」

說完，金田一把哭聲震天的水之城現場，交給警視廳特別專案小組，把麥克風遞給手部包紮好的潤餅。

潤餅冷靜地用官腔說：「今晚的行動非常慘烈，很不幸……」

金田一沒有聽完潤餅怎樣將沒有通報上級的「一樓」，圓滑成什麼樣的「祕密行動」。他無心知道。

在金田一的心中，赤川絕非狂亂的殺人鬼。

不只是因為赤川的子彈刻意繞過老朋友：紀香、渡邊、三井、織田、潤餅，還有自己。

還因爲，赤川身上總洋溢著溫暖的感情。

金田一拿著包好塑膠證物袋的赤川雙槍，槍管上，還黏著赤川綠色的鼻屎。

這樣邋遢的人，怎麼會是殺人鬼？

事實擺在眼前，自己卻無法承受。

連上天也不願承受，降下滂沱大雨。

一場連氣象中心都摸不著頭緒的大雨。

回到家，小喵已經站在門口，撐著傘，流著淚。

金田一點點頭，拭去小喵的淚水。

「結束了。」

金田一笑著，牽著小喵纖弱的小手，走進屋裡。

以後再也沒人開車送兔子回家。

兔子，以後也沒學過開車。

冰箱後記21

獨臂人跟勃起同時放下筷子。

「爲何哭聲可以傳得那麼遠？」勃起。

「非常悲傷的哭聲。」獨臂人耳朵上，蝴蝶闔上翅膀悼哀。

「小釧，妳也這麼想嗎？」獨臂人走到攤子外，說：「讓天地爲遠方的悲傷共哭吧！」

獨臂人右手指著天，烏雲密布。

勃起翻手一掐，一支可愛的冰淇淋鑽出指縫，勃起說：「蛋捲星人，請幫我找出哭聲的主人吧！」

冰淇淋點點頭，飛快朝台場奔去。

為何哭聲可以傳這麼遠？
非常悲傷的哭聲。
小釧，妳也這麼想嗎？

22 相遇

第二天早上，六月二十三日，金田一照常穿著筆挺的西裝，到院子裡拔出一根紅蘿蔔，洗一洗，看著桌上的報紙：

「東京虛僞的英雄！」

「東京希望？魔鬼！」

「赤川／遊戲先生——血洗水之城！」

「魔鬼殞命！東京房價可望急速回升！」

金田一將報紙摔進垃圾桶，拿起手機。

要撥給誰？

會開車的那雙手已經死了。

金田一蓋上手機，走到巷口喚了台計程車，朝警視廳上班去。

第C小隊辦公室裡，每個人都埋首書寫昨晚的報告，一雙雙寂寞與怨恨的眼睛盯在報告上，沒有人交談，更沒有人交換眼神。

金田一看著桌上的紙條與公文。

公文寫著金田一八〇升任第C小隊隊長的命令。

紙條則寫著每個人申請調職的說明。

金田一看著紙條，說：「要走就走吧，全都核准。」

被夥伴嚴重背叛的隊員不作聲，依舊低頭疾書。

金田一坐在赤川的老位子上，淡淡地說：「赤川是凶手，沒錯，但他不是有意欺騙我們。他的精神狀態有人格分裂的症狀，他的痛苦比我們要深，他的罪，也用死贖清了。」

渡邊抬起頭，恨恨說：「那些死去的夥伴呢？那些無辜的人呢？」

金田一閉上眼睛，說：「原諒他吧。」

紀香也抬起頭來，緊抓著筆：「我永遠也忘不了惠子死去的模樣。」

金田一不再回話。

他明白這些夥伴的怨恨有多深。他的心裡空蕩蕩的，什麼也抓不住。

這時，潤餅闖進了辦公室，一臉詫異地大叫：「金田一！廳長死了！」

金田一瞳孔放大，驚問：「什麼？」

潤餅喘著氣，手上猶自包著繃帶，說：「真被你料中了！遊戲先生共有兩人！剛剛有人報警，說廳長家全是死屍！」

金田一瞪大雙眼，說：「被刀砍死的？」

潤餅點點頭，說：「昨晚赤川死後，猿飛他們在廳長家中決定要撤防，沒想到廳長夫婦、自衛隊特別小組六人，全被砍死在客廳裡！」

金田一驚道：「全被砍死？太不可思議了！他們都是全副武裝，又都精通武技，怎麼會被凶手用刀砍死？」

潤餅流著汗，說：「這次有些不一樣，每個人都是要害中刀，喉嚨、眉間、壇中、後腦幹、心窩，全都是一刀斃命！」

金田一站起，說：「案子在誰手上？」

潤餅說：「在藤八手上！」

金田一說：「我們去看看有什麼可以幫忙的！」

只見潤餅身後衝來兩人，第J小隊隊長藤八的手下，茂崎、宮山。

「報告！我們隊長要請你們幫他處理兩個案子！」兩人慌張說道。

金田一跟潤餅點點頭，說：「正要過去！」

茂崎搖搖頭，說：「不是廳長那邊，是第A小隊隊長新堂若丸、第H小隊副隊長大和敏郎！」

「他們兩人都死了！家人也死了！埋伏的自衛隊隊員也死了！」宮山慌道。

「也是被砍死的？」潤餅驚問。

「不！都是被槍殺的！請快點去現場！我們快忙不過來了，等會還要去請其他的小隊協助！」宮山說道。

「槍殺的？」金田一心中一懍。

「狗屎！又是模仿殺人！」潤餅拿起手機，呼叫手下趕往現場。

金田一急忙拉住正要跑走的宮山和茂崎，問道：「屍體有沒有特別的地方？例如……每個屍體上有幾個彈孔？」

「不確定！但現在謠傳說，每個屍體身上都只有一個彈孔，槍槍致命！」茂崎說。

「不會吧？難道赤川復活……」潤餅看到金田一沉著臉，不敢再說。

金田一心跳加快，呼吸寒冷。

「我不去現場了！反正我們小隊就快散了，潤餅！交給你了！」金田一擊拍潤餅肩膀，跑向警視廳門口，一邊打開手機。

「喂！小喵！妳的抽屜鑰匙在哪裡？快告訴我！」金田一邊跑邊叫。

「……對！就是要看妳的日記！……不要這樣！這關係著赤川！快說！」金田一急道，一邊攔下計程車。

「冰箱後面磁鐵！ＯＫ！妳也一起回家吧！快！」金田一摔進計程車，大喝：「左轉直走！」

金田一大聲指揮著計程車，腦中卻想著另一件事。

遊戲先生死了嗎？

遊戲先生眞的是兩個人嗎？

赤川眞的是遊戲先生嗎？

如果不是，赤川爲何會認爲自己是遊戲先生？

連續的疑問擠壓著金田一的胸膛，金田一彷彿看見在黑暗中譏諷東京的獰笑。

「獅子，告訴我你不是！」

金田一打開車門，一個箭步衝回家，連門都來不及關上，就奔進廚房，從冰箱後面摸出一把磁鐵鑰匙後，趕忙跑到小喵的專屬小房。

打開抽屜，拿起沉甸甸的大日記本，金田一反手打開電腦開關，連上網路。

「快快快快快快快！」金田一看著電腦螢幕，用特殊手法連上警視廳內部網路，找到「巧合」檔。

此時，小喵也匆匆忙忙跑回家，一邊換上拖鞋，一邊關切地問：「怎麼回事？」

金田一看著「巧合」上赤川請假、蹺班、未執勤的日期與時間，一邊翻開小喵的日記本對照。

小喵不敢多話，只是坐在一旁。

「果然！我好糊塗！」金田一突然大吼一聲，一拳重擊自己的鼻子。

小喵駭然，看著金田一的鼻血線般條落。

金田一跪在地上，雙拳緊握，悔恨非常。

許久，金田一才慟哭出聲：「赤川的資料被改了！改了八個地方！我們全都錯怪赤川了……包括他自己……」

小喵一愣，拿起日記本，看著金田一用蠟筆圈起的地方，對照著電腦上的資料。

「巧合」中宣稱赤川在每次遊戲先生犯案的時間，都擁有致命的嫌疑巧合，但，小喵每晚睡前寫下的日記，卻有八段敘述說明了赤川絕非遊戲先生！

赤川載兔子偷溜到我的公司探班……

今晚赤川跟兔子又熬夜捉壞蛋了，聽說這次是議員綁票案……

今天到赤川家裡洗衣服，他倆卻只顧玩三井的貓，都不幫忙……

赤川跟兔子作筆錄作了一晚，實在很笨……

等等等等，小喵的日記開啓了黑色的事實。

警視廳的行政資料被竄改了八處！

日記中更顯示，赤川蹺班的不在場證明多達六個！

赤川根本不是遊戲先生!!

小喵看著不停顫抖的金田一，說：「怎麼會這樣？」

金田一眼中精神一抖，抓起滑鼠，進入警視廳內部網路，一會兒沉思，一會兒飛快擊打鍵盤，如此連續兩個小時。

小喵端上剛打的果菜汁，金田一一飲而盡，說：「我在想辦法找出truth是誰，據我的猜測，這位truth正是眞正遊戲先生的化身，有計畫地設計陷害赤川，用奇特的方法使赤川陷入凶手的弔詭中。」

小喵說：「你不是說過，truth用的手法使線索無從找起？」

金田一點點頭，敲敲打打說：「總要試一試。」

說完，金田一突然停下，轉頭看著小喵：「我心中已有一個不祥的人選，希望眞的是他。」

小喵從來沒看過金田一如此震怒的眼神。

金田一繼續思考破解之道，許久才開口：「希望是他。」

小喵：「誰？」

金田一拿起手機，撥了熟悉的號碼，說：「潤餅，我金田一，你幫我一個忙，我給你五百萬，事成十分鐘後入你帳號。」

金田一繼續道：「幫我找柚幫老大出來，今天都行，明天減一半，後天剩一百二十五萬，大後天拉倒……ＯＫ，我等你電話。」

小喵驚疑不定，說：「遊戲先生是柚幫老大？」
金田一蓋上手機，說：「不，我只是要他的信息。」
「什麼信息？」
男人的聲音。
金田一大吃一驚，轉身站起，卻沒看見屋子裡有其他人。
「開門好嗎？」
男人的聲音在屋外。
金田一寒毛直豎，輕聲說：「喵，我們被監聽了。」手指著衣櫃後的暗門，示意小喵躲進去。
小喵親吻金田一的嘴唇，貓一般溜進暗門。
金田一掏出腰際上的改造輕雙槍，上膛。
「是誰!?」金田一慢步走到門邊，大聲詢問。
「朋友。」門外的男人聲音很穩定。
說是朋友，就一定不會是朋友。是那傢伙派來的手下？
金田一心中默默唸道：「獅子，把你的槍魂交給我，讓我繼承你的勇氣。」

雙槍在握，金田一感到溫暖的光芒環抱著自己的雙手，不禁微笑。

我繼承了赤川，我是天下無敵！

金田一大喊：「等一下！」

說完迅速打開門衝出，雙槍左右交叉護身，轉眼瞥見左邊一男，右邊一男一女，都是陌生的臉孔，這百分之一秒間，金田一雙槍擊發！

「幹！」陌生的語言驚慌大叫。

綠色的身影不知從何出現，擋在右邊男女之前。

「好凶！」左邊的男子只是苦笑。

金田一無法理解眼前的怪事。

綠色的身影不是別人，而是自己從小愛看的漫畫《七龍珠》中的比克，正拿著自己剛剛擊發出的子彈。

子彈甚至還在冒煙。

左邊的男子只有一隻手，右手，鼻子上還停了一隻蝴蝶，米色的蝴蝶。

獨臂人看著停在半空中的子彈，子彈愈轉愈慢，最後「鏗」一聲掉在地上。

「你打招呼的方式很特別啊！」獨臂人笑道。

「幹！」右邊的男孩尿流了一褲子，生氣地吼著華語。

「你們是誰？」金田一驚詫至極，雙槍卻穩定不抖。

「能進去談嗎？」獨臂人笑問。

金田一猶疑了一秒，雙槍進腰，示意要眾人進屋。

他很清楚，這些奇特的人若要對自己不利，自己剛剛就已死了。

眾人跟著金田一進屋，獨臂人說：「請拿條褲子給我這位朋友吧！」

金田一看了看尿褲子的男孩，他身旁的「比克」已經消失。

「是魔術嗎？」金田一身高也是一八〇，只好翻出條小時候的睡褲，交給尿尿男孩。

「是超能力。」獨臂人看著金田一布滿血絲的眼睛。

金田一喚了小喵出來，向她說明剛剛奇妙的情景。

「啊？」小喵摸不著頭緒，不願相信。

「你剛剛說的是華語吧？」金田一看著尿尿男孩，一口純正的華語。

「你會說國語啊？也好。」尿尿男孩不想多費唇舌解釋腦波溝通的奧祕，樂得願意用華語溝通。

獨臂人也改用華語，說：「我自我介紹，我叫柯宇恆，這位是勃起，這位是婷玉，都是我的朋友。」

金田一點點頭，說：「剛剛的事很抱歉，是我太衝動。很高興認識你們這群有奇特能力的人，你們在客廳用茶吧，我女友會招待各位，我還有很要緊的事必須要辦，少陪！」
金田一站起，就要走入小喵的小房間，繼續想辦法破解警視廳truth的原始位址。
獨臂人說道：「等等，我們就是爲了此事而來。」
金田一轉頭道：「你的意思我不明白。」
勃起說：「我們聽到你昨晚的哭聲，所以趕來看看你需要什麼幫助。」
婷玉說：「嗯，這兩位朋友說，能聽到這麼遙遠悲傷的哭聲很稀奇，我們之間一定是冥冥中牽動著什麼。」
金田一不再言語，轉身進房。
獨臂人說：「你的身上有邪惡的陰影。」
金田一停下腳步，說：「你在開我的玩笑嗎？」
獨臂人說：「不過，你的手腕上有一團手掌般的霧光，強悍地守護你。」
金田一不作聲，鼻頭一酸，緩緩問道：「眞的？」
獨臂人看著停在指尖的蝴蝶，說：「你不該懷疑的。」
金田一流下眼淚，說：「你是誰？」
獨臂人堅定地說：「我是現任的上帝，昨晚，我聽到你的悲傷。請看著我，讓我進入你的世界。」
金田一看著獨臂人的眼睛，任由獨臂人進入自己的意識世界，也被獨臂人的記憶環抱著。

客廳。

獨臂人點點頭，將金田一的記憶傳送到勃起和婷玉腦中。

「讓我幫幫你吧，你的夥伴不該白死。」獨臂人走到小喵的電腦前，盯著螢幕。

金田一在剛剛的數秒間，已深刻體驗了獨臂人與勃起的驚奇之旅。他站在一旁，說：「你要倒轉邏輯的軌跡？」

獨臂人笑了，說：「沒錯，『巧合』已經寄出好幾天了，可能要多花幾秒。」

金田一點點頭，說：「可以帶我一起看嗎？」

獨臂人一愣，說：「沒試過。你把手搭在我的腦袋上，我搞搞看。」

金田一將手搭在獨臂人的腦瓜子上，斗然看見電腦密密麻麻的迴路光束、大量的數字、符號與0101010100011100的原始碼，在意識間超高速遊走，金田一幾近暈眩。

「別怕，人腦威力很強的，不要被電腦世界嚇到了。」勃起坐在一旁，盯著小喵偷偷勃起。

「找到了，truth！」獨臂人說，指引金田一一同觀看truth的最原始電腦位址。

「Dr. Hydra!」金田一怒火燒身，大吼道：「就知道是你！」

金田一感到雙腕灼熱，彷彿赤川的憤怒。

金田一說：「請讓一讓。」說完，手指急敲鍵盤，進入警視廳內部行政網路系統。

「我要找出Dr. Hydra竄改赤川執勤資料的證據。」一分鐘之內，金田一就飛快進入行政系統，找出資料竄改的關鍵時間點。

「要密碼才能進入。」獨臂人看著電腦畫面。

「師父加油！難不倒你的！」勃起坐在客廳大叫，喝著茶，大肆勃起。

「馬的，閉嘴。」獨臂人笑著，看著金田一的反應，想要幫他一把。

「他可以侵入，我也可以。」金田一冷靜地說。

金田一拿出自製光碟，掛出自己精心設計的破碼強力程式，侵入系統。

「沒事我常上五角大廈逛街。」金田一說，看著密碼系統崩潰。

「高手。」獨臂人讚道。

電腦畫面出現系統每一個資料更改點。

「就是這個修改時間點最可疑。」金田一按下enter鍵，畫面出現一欄要求密碼的框框，上面寫著：「你已經進入地雷區，請在一分鐘內輸入正確的密碼，否則系統將強制結束，並格式化所有檔案與設定。」

獨臂人眼中異光一閃，看見數百萬符號在未來組合的結果，說：「要我告訴你密碼嗎？」

「是Dr. Hydra還是Mr. Game？」金田一問。

「Hydra或Dr. Hydra都可以。」獨臂人說。

金田一輸入Hydra，畫面出現一個影像視窗。

是Dr. Hydra，穿著雪白醫生服，滿臉親切的微笑。

「嘿！來看壞人演講了！」獨臂人呼喝，勃起、婷玉、小喵全都靠了上來。

獨臂人暗中進入勃起與婷玉的腦中，將Dr. Hydra的日文翻譯成腦波意識。

「啊！」婷玉看著Dr. Hydra，驚訝不已，身軀微微顫抖。

23 惡魔的演說

電腦影像視窗。

Dr. Hydra拍拍手，讚許說道：「金田一，一定是你破解了我的設計，除了你不會有別人。」

Dr. Hydra坐在辦公室的大椅上，說：「可惜當你看到這段影片，應該爲時已晚了，赤川神探現在應該躺在冰庫裡了，是嗎？」

「其實我也沒有把握赤川會不會死，因爲，死的人很可能是你而不是赤川。這一切究竟是怎麼回事呢？眞是一個很長的故事。不過可以肯定的是，赤川破解不了我的密碼設計，但是你，我親愛的朋友，你就可以。」Dr.Hydra安慰地笑著。

金田一爆張的青筋使他幾乎要砸毀電腦。

「赤川跟你，是我看過最要好、堪稱絕妙的搭檔，這讓我很開心，因爲遊戲就是要這樣才好玩。我先印證你心中的推理路線吧。首先是柚子，也就是你口中的陰莖神，一定是他提過我的催眠術，在你心中留下深刻的印象，構成你推理的出發點。」Dr.Hydra繼續說：「再來，是最大的關鍵，也就是『赤川的夢爲何總是跟現實有所出入』。沒錯，你猜對了，這是偉大的犯罪，鬼斧神工的計畫，加上我精密的犯罪執行能力，才足以造成赤川這些夢境的實現。」

Dr. Hydra興致勃勃地說：「我，長期以來都在尋找遊戲的對手，鎖定赤川當作你我對決的棋子已經很久了。為了這場對決，我催眠了警視廳泰半高階警官，包括你們的老長官藤井樹，讓他們命令赤川定時向我報到進行心理輔導，於是我趁著赤川沉入夢鄉之際，將我籌劃已久的殺人藍圖預先催眠進赤川的腦海，再布下作夢時間的暗示。」

Dr. Hydra為自己倒了一杯濃咖啡，聞著香氣，優雅地說：「你知道我有多辛苦嗎？我透過上千個下班後的看診機會，了解每一個適合開party的公寓家庭，了解那些家庭成員的背景、癖好、習慣、感情等等，計劃出別出心裁的犯罪，籌劃每個精密的細節，你知道的，我不喜歡出錯，每一件事都必須在我的掌控之中。」

Dr. Hydra嘆了口氣，說：「但事實總是有些紕漏，唉，你要原諒我。我不知道煤圖二雄是左撇子，也不知道大島兄弟正好在party前一天將格鬥遊戲借給同學，也無法預料當時經過大島家巷口的倒楣鬼是什麼樣的人，也不知道Mr. Game的槍法這麼準，竟然在陽台就將警察殺光。當然，我更想不到，廚師當晚幽會的竟不是美麗的未婚妻，而是倒楣的情婦。」

獨臂人看著Dr. Hydra抱歉的眼神，又看了看正在發抖的婷玉。

Dr. Hydra搖搖頭，說：「但這些跟我原先計劃相出入的事實，正是我給你的訊息，沒想到你太晚參破，讓赤川帶著迷亂死去，眞希望這不是你的極限？」

小喵害怕地看著金田一，看著他充滿悔恨的眼神。

Dr. Hydra突然開心地說：「你知道嗎？當我將犯罪的情節預先錄進赤川的夢中時，我是多麼興奮！想到赤川和你將如何解讀這些夢的訊息，想到Mr. Game將如何排除萬難完成預先設計的犯罪，我的心跳就不斷加快！加快！加快！」

Dr. Hydra拍著桌子，尖叫鬼叫，好像變了另一個人。

「瘋子。」勃起說，暗暗偷瞄小喵的乳溝。

過了好一會兒，Dr.Hydra平息了高亢的情緒，搔著頭道：「說起來，同樣的把戲玩久了也會膩，所以我後來突發奇想，在赤川的腦中灌入我最偉大的傑作：一場魔幻的恐怖未來。」

「赤川告訴過你嗎？在那場未來的噩夢裡，遊戲先生坐在櫃檯前，嘴裡啃著根紅蘿蔔呢！一口接一口！哈哈！嘴裡還會來段你們兄弟那首招牌主題曲！這是在說誰啊？是你啊，金田一！加上我最近跟你吃飯，告訴你改裝手槍好讓你變成半個神槍手，一切一切，都是爲了讓赤川在最後關頭時，掉進友情的掙扎裡！他一定會懷疑你就是殺人鬼Mr. Game，爲了不讓這種可怕的未來發生，爲了代你承受殘酷的命運，赤川那個白痴一定會拿起你手中的紅蘿蔔把它啃光，然後，啊哈！我下的致命暗示就會隨著紅蘿蔔開啓，大量的犯罪畫面同時湧入赤川的腦中，那力量讓意志再堅強的赤川也招架不住，進而以爲自己果然就是Mr. Game！」Dr. Hydra哈哈大笑。

一場惡魔的演說。

金田一呆呆地看著螢幕，悲慟不已。笨蛋赤川竟爲了取代自己而死。

Dr. Hydra從大椅子上一躍跳上桌子，對著攝影機大叫：「其實他才沒有這個本事當Mr.

Game！我才是！哈哈哈哈！」

婷玉害怕地躲在獨臂人懷中，眼中盡是懼意。

Dr. Hydra指著自己的腦袋，說：「一個人能做什麼？團結才是力量！你猜猜！你那麼聰明你猜猜啊？這顆腦袋裡住了幾個惡魔啊!?兩個？還是三個？給你三十秒考慮，輸入你的答案，否則我難得的演講就要結束，系統也會暴力格式化！三十、二九、二八、二七……」

獨臂人一下子就看見答案，正要開口，卻見金田一飛快鍵入：「九」。

勃起問道：「師父？」

獨臂人點點頭，說：「Hydra的意思是海蛇，也有九頭龍的意思，但他也太大膽了。」

只見Dr. Hydra數完三十秒，驚訝地看螢幕，說：「你眞聰明！不愧是值得赤川犧牲的人！」

Dr. Hydra蹺起腿，說：「這段影像是預錄的，等你看到這段影像時，自衛隊那些看門狗應該全死了。你問我爲什麼知道？因爲廳長也被我催眠過，什麼事都要跟我報備啊！」

勃起摳著牙，說：「沒人問你。」

Dr. Hydra在桌上跳舞，白衣飛揚，雙手手指作勢開槍，邊哼著：「Raindrops keep falling on my head, and I…」哈哈大笑：「是不是這樣唱的啊？」

金田一大吼：「我馬上去找你！」

Dr. Hydra雙眼緊靠著攝影機，頑皮說：「想不想聽聽我爲什麼要這麼做？」

水藍色的眼睛近距離看著螢幕，婷玉竟突然大喊：「救命！救命！不要這樣！不要拿圓規刺我！不要不要！不要刺我的臉！不要割我！」

獨臂人一驚，登時有所感悟，右手按住婷玉的背，說：「妳是不是看過他？」

婷玉抓狂大叫，推開獨臂人，鑽進牆角大哭。

Dr. Hydra氣色一斂，冷冷地說：「這只是一場遊戲罷了。」

Dr. Hydra繼續說道：「人間充滿各種遊戲規則，法律、倫常、感情、界線，全都提供了各種遊戲玩法，如果大肆破壞，投下一、兩百顆核子彈，反而不好玩了，要玩，就要遊走遊戲規則邊緣，進而創造宰制遊戲的樂趣，赤川和你，只是陪我遊戲的對象罷了。」

Dr. Hydra蹲在桌子上，手裡從腰間拿出雙槍，指著銀幕說：「金田一，你可以說我無聊，但沒有狗屁糾葛的動機論，才藏有邪惡的眞正本質，才是一場貨眞價實的遊戲。你聰明，你一定能懂的。」

「當你看到這段錄影時，我已經在台灣了，你知道的，一個優秀的學者總有參加不完的研討會。也因爲你在六月二十五日還有事要忙，所以我已派人在六月二十六日那天送機票給你，你一定要來台灣找我喔，守在東京可不行，因爲我要待在台灣半年！」Dr. Hydra。

雙槍交叉在胸，Dr. Hydra笑著說：「這場遊戲，還請你陪我玩下去！」

說完，影像消失，螢幕上的畫面瞬間變成亂碼。

「警視廳內部網路被格式化了，證據也沒了。」獨臂人說。

「我不要證據，我只要他的命，這才是赤川英吉的作風。」金田一看著亂碼，將電源切掉，虎目含淚。

此時焦點悄悄轉移到婷玉身上。

獨臂人看著在牆角大哭大鬧的婷玉，蹲了下來，集中精神。

獨臂人很久都沒有這麼憤怒了。

寧願擁抱核子彈，也不要惹到這個穿著球鞋的獨臂人。

獨臂人眉間異光乍現，趁著婷玉陷入莫名恐怖的記憶，強行抓開婷玉意識中層層防衛的藍光，看到恐怖的根源。

「哭他媽的機八Hydra！」獨臂人罵道。

婷玉的深層意識。

他看見一雙水藍色的眼睛，正在看著婷玉。

這是哪裡？

看樣子是大飯店的房間裡。

這是婷玉失去記憶的下午茶時間嗎？那個與朋友錯開的短短時間？

獨臂人觀看著一場恐怖的鬧劇。

婷玉躺在床上，看著Dr. Hydra迷人的藍眼，低語覆誦Dr. Hydra輕輕說出的「咒語」。

「那群男孩拿出陰莖拍打妳的臉頰，其中一個長頭髮、脖子上有老虎刺青的男孩拿出圓規，刺進了妳的大腿，再刺，再刺，再刺！他一直笑，妳一直哭，這時，另一個剃著小平頭的男生在妳的臉上尿尿，他的皮膚很黑，很臭，連尿都很臭！架著妳雙手的男生從口袋裡拿出香菸……」

Dr. Hydra一邊興致盎然地唸著，一邊看著眼泛淚光的婷玉覆誦，臉上掛著邪惡的趣意。十五分鐘，短短的十五分鐘後，Dr. Hydra輕輕吻著婷玉，在耳邊含笑道：「美人，這真是一場美艷的邂逅，請帶著我捎來的動人回憶入夢，夜夜不絕。」

Dr. Hydra起身，拿走剛剛在飯店大廳與婷玉交換的名片，走到門邊。

Dr. Hydra轉身，看著睡著的婷玉，說：「不知怎地，老是覺得……總有一天，我們還會再見面的。」

說完，惡魔關上房門，留下一個女孩，還有一堆無中生有的恐怖經驗。

「是！還會再見面的！」婷玉清醒過來，憤怒地大叫。

獨臂人看著婷玉，說：「對他來說，這只是一場即興之作，只是想教妳夜夜噩夢，陷入記憶錯亂和輪暴的痛苦。不料，卻硬生生切斷妳的人生，產生一個亟欲復仇的人格。更想不到，這個新的自我不但想找無辜的自己復仇，還擁有那麼可怕的超能力。」

金田一等人茫然不解，獨臂人看著婷玉問道：「可以嗎？」

婷玉點點頭，於是，獨臂人眉頭一展，將婷玉的記憶傳送到每個人的腦海。

金田一等人大駭，個個義憤填膺，尤其是小喵，更是拿條毯子讓婷玉披著，用急切的日語安慰著她。

「沒想到大家的仇家都一樣，真巧。他穩死的。」勃起說，拿起背包裡的黃色塑膠雨衣套上，再戴上厚棉手套，說：「我們去除掉他，伸張正義。」

婷玉搖搖頭，說：「謝謝，但這次，我想親自動手。他害苦了我們『兩人』，這個仇一定不能假手他人。」

金田一點點頭，說：「沒錯，謝謝你們幫我印證心中的疑團，但你們幫的忙已夠多了。」說完，金田一拿起腰際間的雙槍，看了看，用力丟到庭院的蘿蔔圃中。

金田一不願使用Dr. Hydra建議的改造手槍。

「你能再幫我一個忙嗎？」金田一看著號稱現任上帝的獨臂人。

「走吧。」獨臂人點點頭。

留下小喵，一行人驅車前往警視廳設在市郊的重案停屍間。

24 獅子的雙手

「是！遵命！快幫隊長開門！」

兩名低階警員開啓冰庫大門，任由金田一四人進入寒氣凍人的刑案停屍間。

赤川的屍體躺在冰冷的櫃子裡，胸前被手術刀劃開，想必已驗屍確認過。

赤川的眼睛安詳地閉著。

因爲他已經將最後的心願，交託給最值得信賴的夥伴。

金田一看著赤川蒼白的臉，心中悔恨交加。

「笨蛋！居然留下沒種的我！你知道玩雙倍的女人，生雙倍的兒子有多累嗎？」金田一忍住眼淚，擠出一絲笑容。

獨臂人最後問了聲：「你確定嗎？」

金田一堅定地點點頭，伸出雙手。

獨臂人說：「婷玉。」

婷玉雙瞳一張，金田一與赤川的雙手齊腕而斷。

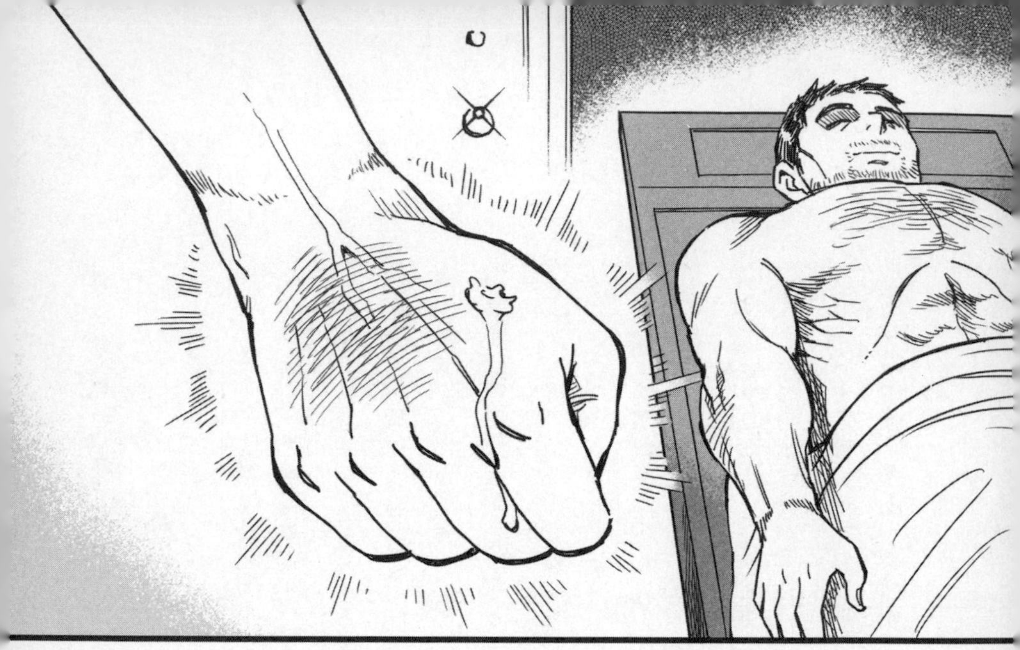

金田一咬著牙，痛苦地發抖。

獨臂人看著赤川的斷手，於是，那雙厚實粗糙的大手緩緩飄起，慢慢接在金田一的斷腕上，而金田一細長的雙掌，也緩緩飄到赤川斷腕處，輕輕接上。

金田一看著赤川的大手與自己的雙腕奇異地接合，肌肉、神經、腕骨慢慢抽動活絡，眼淚再也忍不住掉落。

「獅子，你可以親手報仇了。」

金田一看著赤川冠絕天下的神槍雙手，心中大感激動。

「現在，你已眞正繼承赤川的槍魂，帶著赤川的雙手虎行天下吧。」獨臂人說。

「別忘了替赤川大哥多摸幾對漂亮的大奶奶。」勃起說。

金田一破涕而笑，說：「眞便宜他這雙手了。」

走出冰庫後，金田一的手機響了。

「我是，安全。」金田一聽著，說：「八點？好，你真行，賺起錢來一點也不手軟，十分鐘後我就匯給你。謝謝你，潤餅。」

結束與潤餅的對話，金田一立刻打電話給小喵，吩咐小喵將五百萬日圓匯入潤餅的帳戶。

蓋上電話，金田一說：「我跟柚幫首領將在晚上八點，於新宿惡魔島餐廳見面，我會把從他那邊得來關於Hydra的祕密e-mail給你們，不過，我希望接下來的事，你們不要插手，我現在擁有了赤川的雙手，我想讓他親手報仇。」

獨臂人能夠理解金田一的決斷，但還是忍不住說：「你沒想過用法律解決嗎？」

金田一不能置信地看著獨臂人：「你想過？」

獨臂人說：「那你的打算？」

金田一看著雙手，說：「我要先以我的風格代替赤川殺掉他繼父，再以赤川的風格向Hydra宣戰。」

婷玉站在一旁，也說：「小柯、勃起，謝謝你們，我也想以自己的方式報復Hydra，我要他痛不欲生。金田一，今晚我可以跟你一起去找柚幫老大嗎？」

金田一一愣，說：「好，希望柚子擁有的資訊對妳的復仇有所幫助。」

勃起失望地看著一身的雨衣超人裝，說：「好可惜，好不容易有個大壞蛋。真希望我跟Hydra也有仇。」

獨臂人看著金田一與婷玉堅定的眼神，只好說：「坦白說，我很不放心，因爲Hydra的把戲不知道還藏著什麼厲害的招數，你們只是大約知道Hydra其中的三個面目：擅長操控記憶的精神醫生、雙槍快絕的Mr. Game，還有一個擅使刀法的暴力機器。其他呢？其他六個呢？我隱隱約約感到更邪惡的魔鬼住在Hydra的體內。但是，我尊重你們的意志，只是希望你們也尊重我跟勃起的援手。」

兩粒圓球從獨臂人的口袋中緩緩飄出，金田一跟婷玉各自接了一球。

「這是那些外星人給我的宇宙通訊器，我已經將頻道設定好了，操作方式我這就丟給你們。」獨臂人眼中微亮，用意識將關於通訊圓球的使用方式傳給兩人。

「不要忽視友情的力量，如果你們需要幫助，請聯絡我跟勃起。」獨臂人說。

金田一跟婷玉爽快地答應，於是，因爲奇異緣分相聚東京的四人，就在新宿用過下午茶後，雙雙互道再見。

獨臂人帶著失望的勃起揮別兩人。

爲了安慰勃起，獨臂人帶著他搭上前往德國的飛機。

「眞的嗎？狼人？」勃起坐在飛機上興奮大叫。

「嗯，不過，我們可不是去打架的。」獨臂人微微笑。

「go go go go go go!」

在勃起的吼聲中，飛機收起輪胎，離開魔都東京。

□

晚上十點，婷玉聽完她一向不欣賞的柚幫老大，柚子，對Hydra所作的資料收集後，搭上柚幫提供的豪華快艇滑出東京灣，朝著故鄉台灣前進。

快艇上，婷玉的心中很複雜。

她已經沒有把握面對躲在黑暗裡的敵人。

她想起柚子的警告，不禁寒毛直豎。

「不管妳多有把握，總之不要在入夜後接近Hydra。」柚子毫無血色地說：「切記。」

□

金田一呢？

在與柚子、婷玉結盟後，金田一回到家中，告訴小喵他的決斷。

「去吧，別讓他們死得太快。」小喵抱著金田一，偷偷拭去眼中的淚水。

金田一親吻小喵的長髮。他喜歡小喵的體貼，感激小喵對赤川的義氣。

後天，一個剛剛出獄不到三個小時的男人，離奇地死在酒店的廁所裡。

沒有人看見可疑的酒客、廁所門從裡面反鎖兩道、氣窗長年從外面被木箱封死。

一個標準的密室。

但男人卻身中十槍，坐在馬桶上死去，地上全是大量血跡。

應該可以肯定是第一現場。

男人的身旁沒有槍，可見不是自殺。

況且，沒有人能夠朝自己連開十槍自殺。

但凶手呢？

凶手如何殺了這個男人呢？

像空氣一樣，幾乎不存在的凶手。

完美的犯罪。

□

六月二十六日。

金田一坐在人去樓空的第C小隊辦公室裡，看著剛剛寫好的留職停薪申請書，等待著「機票」。

「叩叩叩！」敲門聲。

「請進。」金田一。

新任的廳長大久保恭恭敬敬地跪在門口，小狗一樣爬了進來，嘴裡叼著一只信封。

金田一冷靜地看著Hydra的特派小狗，說：「廳長，不要在牆角撒尿。」

廳長吐出嘴裡的信封，仍舊跪在地上，語氣卻充滿Dr. Hydra的神氣，好像一台錄音機：「金田一，機票來了，是頭等艙喔！另外，還要送你一個禮物幫你餞行。」

說完，廳長從懷中拿出一把美工刀，往自己的脖子一劃。

金田一默默地看著廳長割斷自己的喉嚨，任鮮血鋪滿地板。

「好好去吧，我幫你報仇。」

金田一拿起信封中的機票，看了看時間與班次，立刻打電話到機場。

「你好，這裡是警視廳，你們可以追蹤這通電話的可信度，但請仔細聽我說。我們收到可靠線報，我們懷疑你們下午四點半出發往台灣的新航班機，機上很可能有爆裂物，請盡速清查已上機的行李或可疑的包裹、人員，我們也會派員協助，謝謝。」金田一掛上電話，迅速在網路上訂下另一班飛機機位。

當晚的新聞中，報導在東京機場飛往台北的新航班機上，機長的行李中被查獲強力塑膠炸藥，足以使飛機瞬間變成空中的火鳥。

許多人親眼看見機長將行李帶上飛機，但機長則發誓自己絕無攜帶任何行李。

一切都矛盾得恐怖。

□

金田一坐在飛機上，看著窗外逐漸縮小的東京。

粗厚的雙手似乎顫動了一下。

「獅子，我們走吧。」

金田一戴上耳機，哼著：「登登登……Raindrops keep falling on my head. And just like the guy whose feet are too big for his bed, nothing seems to fit. Those raindrops are falling on my head, they keep fallin...」

永遠的，虎豹小霸王。

Raindrops keep falling on my head
And just like the guy whose feet

異夢之後

九把刀

《異夢》結束了，那還眞是一場毛骨悚然的噩夢。

但希望留在大家腦子裡的，不單單只是Mr. Game坐在客廳裡指揮遊戲的變態笑聲，還有赤川與金田一並肩出生入死的豪爽，以及淡淡的哀愁。

照例，我們聊聊關於《異夢》的故事設計吧。

我一直覺得李敖有句話說的好，一個作家不能靠靈感寫作，一定要做到隨時隨地都能夠寫、寫得好，不然只好餓死。

說的好，但《異夢》這個故事竟起源於一個噩夢中的夢中夢！

在夢中，都市裡不斷發生凶殘的血案，而我竟成爲一個具有透視夢中未來的「目擊證人」，於是在我的哀求之下，一群荷槍實彈的刑警埋伏在人潮洶湧的大街上，想要阻止我所透視的恐怖未來。我坐在刑警堆中，等待指認從未看清楚的凶手面孔，時間一分一秒過去，我心中的恐懼感卻愈來愈深。因爲我想起來，在噩夢中的血戮未來，是一條沒有生還者的冷清大街，除了凶手。時間終於到了，我滿身是汗，我絕對不想成爲地上的死屍之一，於是我像被惡魔附體，奪取身邊刑警的槍枝彈藥，毫不留情地將整條大街所有會呼吸的東西轟倒。

我成功了。未來無法逆轉，果然只有我站在紅色的街頭。

於是有了《異夢》的原型，讓我在噩夢驚醒後緊緊握著拳頭。

但這還不夠，所幸我有值得信賴的Dr. Hydra在一旁微笑，他說：「交給我吧！」

所以，這個網路小說史上最受歡迎、最多人想練沙包的壞蛋角色，在這個故事裡有了比〈陰莖〉中驚鴻一瞥的身影更加動人的血肉。

而關於《異夢》中沒有解釋清楚的元素，如「陰莖神」、「柚幫」、「婷玉」、「獨臂人」、「勃起」，在以前的同系列故事〈語言〉、〈恐懼炸彈〉、〈陰莖〉、〈影子〉、〈冰箱〉裡都完整出現他們精彩的故事，而在未來即將出版的「都市恐怖病系列」故事中，將會慢慢浮出一個動人的大架構。

最後以一個趣事做結尾。

當初《異夢》在網路上連載快結束時，我曾經大著膽子要讀者們猜測《異夢》的懸疑底牌，連續快兩個星期，都沒有人猜出《異夢》的犯案設計。我看著螢幕，得意地告訴我爸：「爸，快兩星期了，完全沒有人猜出我的故事設計！」

結果很戲劇性的，隔天一大早，我就看到有個讀者完全命中《異夢》的底牌邏輯。命中得相當精準……Mr. Game和Mr. Crazy是兩互相較勁的人格，赤川的夢跟現實不同，是因為預先錄進腦袋的犯罪計畫有所疏漏等等……

我當場撞牆後，卻也有一絲絲開心，爲什麼？這是我第一次創作以推理爲重心的小說，雖然內藏特異能力的情節，但我基本上相當重視邏輯……要是完全沒有人猜到「犯罪是預先錄進」的話，想必是我的故事架構或是表達能力有毛病。雖然害我撞了牆，但我還是要感謝那位聰明的讀者。

眞有你的！

敬請期待，網路小說史上最熱血的巨作，《功夫》！

國家圖書館出版品預行編目資料

異夢／ 九把刀著. --二版.--台北市：蓋亞文化，
2013.10 印刷
面；公分. -- (都市恐怖病；4)
(九把刀．小說；GS009)
全新插畫版
ISBN 978-986-319-060-8 (平裝)

857.83 102014619

九把刀・小說 GS009

異夢 CITYFEAR 4 全新插畫版

作者／九把刀（Giddens）
內頁插畫／簡嘉誠 封面影像／雅圖創意設計
封面設計／克里斯
出版／蓋亞文化有限公司
地址◎台北市103赤峰街41巷7號1樓
電話◎（02）255854382 傳眞◎（02）25585439
部落格◎gaeabooks.pixnet.net/blog
服務信箱◎gaea@gaeabooks.com.tw
投稿信箱◎editor@gaeabooks.com.tw
郵撥帳號◎19769541 戶名：蓋亞文化有限公司
法律顧問／十方法律事務所
總經銷／聯合發行股份有限公司
地址◎新北市新店區寶橋路二三五巷六弄六號二樓
電話◎（02）29178022 傳眞◎（02）29156275
港澳地區／一代匯集
電話◎（852）27838102 傳眞◎（852）23960050
地址◎九龍旺角塘尾道64號龍駒企業大廈10樓B&D室
二版一刷／2013年12月
定價／新台幣 260 元
Printed in Taiwan

GAEA
ISBN／978-986-319-060-8

GS009
GAEA

異夢

蓋亞文化 讀者迴響

感謝您在茫茫書海中選擇了蓋亞，您的支持是我們最大的動力。
不要缺席喔，讓我們一起乘著夢想的羽翼，穿越時空遨遊天地！

姓名： 性別：□男 □女 出生日期： 年 月 日
聯絡電話： 手機：
學歷；□小學□國中□高中□大學□研究所 職業：
E-mail： （請正確填寫）
通訊地址：□□□
本書購自： 縣市 書店
何處得知本書消息：□逛書店□親友推薦□DM廣告□網路□雜誌報導
是否購買過蓋亞其他書籍：□是，書名： □否，首次購買
購買本書的動機是：□封面很吸引人□書名取得很讚□喜歡作者□價格便宜 □其他
是否參加過蓋亞所舉辦的活動： □有，參加過 場 □無，因爲
喜歡出版社製作什麼樣的贈品： □書卡□文具用品□衣服□作者簽名□海報□無所謂□其他：
您對本書的意見： ◎內容／□滿意 □尙可 □待改進 ◎編輯／□滿意 □尙可 □待改進 ◎封面設計／□ 滿意□尙可 □待改進 ◎定價／□滿意 □尙可 □待改進
推薦好友，讓他們一起分享出版訊息，享有購書優惠 1.姓名： e-mail： 2.姓名： e-mail：
其他建議：

◎請沿虛線剪開、對摺、裝訂後寄出

◎請沿虛線剪開、對摺、裝訂後寄出

廣告回信 郵資免付
台北郵局登記證
台北廣字第675號

GAEA 蓋亞文化有限公司　收

103 台北市赤峰街41巷7號1樓

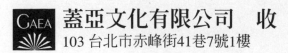

GAEA

Gaea